ISBN 978-85-7341-715-9
1ª edição – fevereiro/2018
Copyright © 2018,
Instituto de Difusão Espírita – IDE
Conselho Editorial:
Doralice Scanavini Volk
Orson Peter Carrara
Wilson Frungilo Júnior

INSTITUTO DE DIFUSÃO ESPÍRITA – IDE
Av. Otto Barreto, 1067 – Cx. Postal 110
CEP 13600-970 – Araras/SP – Brasil
Fone (19) 3543-2400
CNPJ 44.220.101/0001-43
Inscrição Estadual 182.010.405.118
www.ideeditora.com.br
editorial@ideeditora.com.br

Coordenação:
Jairo Lorenzeti

Revisão de texto:
Mariana Frungilo Paraluppi

Capa e Diagramação:
César França de Oliveira

Todos os direitos reservados. Nenhuma parte desta publicação pode ser reproduzida, armazenada ou transmitida, total ou parcialmente, por quaisquer métodos ou processos, sem autorização do detentor do copyright.

FICHA CATALOGRÁFICA

(Preparada na Editora)

Silva, Cláudio Bueno da, 0000-
S58o O Menino Livre de Miritiba/ Cláudio Bueno da Silva. Araras, SP, IDE, 1ª edição, 2018. 320 p.
ISBN 978-85-7341-715-9
1. Biografia 2. Espiritismo
I. Título.
CDD – 922.89
— 133.9
133.91
133.901.3

Índices para catálogo sistemático:
1. Biografia 922.89
2. Espiritismo 133.9
3. Psicografia: Mensagens: Espiritismo 133.91
4. Vida depois da morte: Espiritismo 133.901.3

CLÁUDIO BUENO DA SILVA

O MENINO LIVRE DE MIRITIBA

{HUMBERTO DE CAMPOS}

ide

AOS ADMIRADORES DE HUMBERTO DE CAMPOS

Os livros de Humberto de Campos psicografados por Francisco Cândido Xavier fizeram-me aproximar de sua obra acadêmica, pouco conhecida entre os espíritas, que o respeitam muito pelo seu significativo trabalho junto ao grande médium. Seus livros escritos quando encarnado, no entanto, trazem gratas surpresas, têm peculiaridades muito interessantes e guardam uma literatura de alto valor humanístico.

Após tomar contato com essa obra e ter constatado o seu valor indiscutível, pensei em compartilhar com os muitos admiradores do escritor maranhense um pouco do seu trabalho, que se revestiu de esforço descomunal e amor raro à literatura.

Humberto de Campos disse tanto e tão bem... A força do seu cérebro incansável e o poder do coração humano exibiram inteligência e sentimento.

Com este livro que ora apresento pretendo trazer, principalmente ao meio espírita, um pouco dessa obra construída sob o látego da dor, do sofrimento e das carências, físicas e morais, que sempre fizeram parte do dia a dia do escritor desde a sua infância, e que acabaram sendo a sua maior inspiração. Além disso, procurei identificar os antecedentes da transformação ocorrida com Humberto de Campos, que o fizeram sair da zona inquietante da dúvida, quando encarnado, para o terreno da certeza, que pisou assim que perdeu, para a morte, o corpo cansado e doente.

A primeira parte consta de um relato sobre a sua infância e adolescência. Na segunda parte – as *Impressões de leitura* –, segui os conselhos da minha percepção e, à medida que, lendo, encontrava algo compatível com as reflexões próprias ao Espiritismo, ia tecendo considerações que julgava pertinentes. Assim, colhi, de toda a sua extensa obra literária, um material bastante instrutivo de conteúdo filosófico e moral. Por fim, na terceira e última parte, comento lances que marcaram a vida do homem e do escritor.

Humberto de Campos, com seus livros e sua atuação na imprensa, protagonizou momentos que entraram para a história da literatura e do jornalismo brasileiros e, como Espírito, foi uma das figuras centrais do movimento que se organizou no Brasil para estímulo da espiritualização da nossa e de outras gentes, tendo o médium Chico Xavier como principal figura.

A vasta obra ditada ao médium mineiro por Humberto de Campos/Irmão X (foram quinze livros) constituiu-se em unanimidade, entre os espíritas, quanto à beleza e importância evangélico-doutrinárias. O escritor, além de muito lido pelos espíritas, é por eles aceito como sinônimo de informação segura e original, notadamente pelo filtro mediúnico do grande médium.

Logo depois de sua morte, ocorrida em 5 de dezembro de 1934, um seu biógrafo, Macário de Lemos Picanço, emitiu opinião, pela imprensa, sobre o escritor, nestes termos: "A obra literária de Humberto de Campos apresenta altos e baixos, mas o que é alto tem a claridade da luz e a simplicidade das almas sãs".

Se a arte literária produzida por Humberto de Campos teve altos e baixos, o que quer que possa se referir ao "baixo" atendeu às necessidades da época em que foi escrita. O que pode ser considerado como "alto" atravessou o século e continua sensibilizando o coração e satisfazendo à inteligência, conforme veremos no curso desta obra.

Mas o seu maior legado, além do acervo literário, foram, sem dúvida, os exemplos de luta e superação deixados pela sua trajetória de vida: um saldo positivo de caráter, dignidade e honestidade. É exatamente isso que pretendo mostrar aos leitores, que poderão confirmar estas características do homem e do escritor Humberto de Campos nas entrelinhas de tudo o que escreveu enquanto viveu entre nós.

O AUTOR

SUMÁRIO

O MENINO LIVRE DE MIRITIBA

1ª PARTE – *O Menino Livre de Miritiba*, 12

(Novela baseada no livro *Memórias*, de Humberto de Campos)

- Explicação, *13*
- Cajueiros ao vento, *15*
- Uma quase tragédia, *18*
- A dor mudaria de endereço, *21*
- Segundo encontro com a morte, *25*
- Os conselhos do Padre Alonso, *30*
- As lições da ilha, *34*
- Fuga da escola, *38*
- O mundo enigmático das letrinhas, *42*
- Adeus em noite de pouca lua, *47*
- O brinquedo que não pôde ser seu, *52*
- O aniversário inesquecível, *56*
- Morros da Mariana, *60*
- Uma tarde de ira, *64*
- Preocupação com o futuro, *69*
- Em meio à correnteza, *73*
- Nova oportunidade, *78*
- A vizinhança do porto, *82*
- Fortes influências do meio, *85*
- A faca de um palmo de folha, *89*
- A confissão, *93*
- Recaída, *98*
- Encontro com o futuro, *103*
- Desejo de ficar e vencer, *108*
- A terrinha de feijão, *116*
- Uma lágrima, *121*
- Última página do século, *126*

2ª PARTE - *Impressões de Leitura*, 137
(Viagem espírita sobre textos de Humberto de Campos acadêmico)

Diário secreto. Volume I, *139*
Diário secreto. Volume II, *154*
Poesias completas, *162*
Da seara de Booz, *164*
Tonel de Diógenes, *165*
Mealheiro de Agripa, *168*
Bacia de Pilatos, *172*
Carvalhos e roseiras, *173*
O monstro e outros contos, *174*
Os párias, *176*
Memórias, *179*
Lagartas e libélulas, *184*
Crítica - 1ª série, *187*
Crítica - 2ª série, *190*
Sombras que sofrem, *192*
À sombra das tamareiras, *206*
Reminiscências, *209*
Sepultando os meus mortos, *212*
Um sonho de pobre, *215*
Notas de um diarista - 1ª série, *217*
Notas de um diarista - 2ª série, *224*
Destinos..., *225*
Contrastes, *228*
Últimas crônicas, *230*
Fatos e feitos, *232*

3ª PARTE - *A Trajetória da Dúvida à Certeza*, 234
(Reflexões sobre a vida, a morte e o pensamento de Humberto de Campos)

    Pseudônimo famoso, *235*
    Em face da mentalidade geral, *242*
    Interação pelas cartas, *248*
    Humberto de Campos. Materialista?, *254*
    Afinal, "eu creio ou não creio"?, *265*
    Dirigindo-se a Deus, *271*
    A cultura do autodidata, *278*
    Com a naturalidade da ameixeira, *283*
    O grande retorno, *287*
    Bloco monolítico do bem, *291*
    A ressurreição de Humberto de Campos, *296*
    Finalmente, o romance, *301*
    Histórias Maravilhosas para a infância, *306*
    João Bobo, *309*
    Fim da viagem, *314*

Biografia consultada, 316

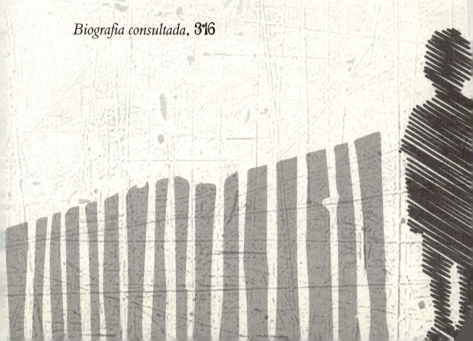

1ª PARTE
O MENINO LIVRE DE MIRITIBA

EXPLICAÇÃO

A história da vida de Humberto de Campos, compreendendo o período de sua infância e adolescência, por ele mesmo contada magnificamente no seu livro *Memórias*, editado no Rio de Janeiro em 1933, um ano antes de falecer, é aqui recontada, por dois motivos principais: para tornar mais conhecidos do público os principais fatos de sua meninice difícil, sofrida, quase miserável, mas que não o abateram, e sim fizeram acumular, no seu Espírito, experiências que lhe valeram para toda a vida; e também para prestar uma humilde homenagem ao grande escritor maranhense, que teve a obra de acadêmico e, mais tarde, a obra psicográfica ditada do Além plenamente reconhecidas pelo público.

Esta novela não é uma biografia nos moldes tradicionais, mas um relato baseado nos fatos reais da vida do escritor até os quatorze anos, o qual procurei revestir de um atrativo literário.

Preservei os nomes originais das localidades onde se deram os acontecimentos, mas escolhi dar nomes fictícios aos personagens, inclusive ao principal deles, Humberto.

Apesar de tumultuada e agreste, a meninice de Humberto de Campos foi cercada de encantamento. Os elementos da natureza bela e simples estimularam, no seu Espírito, a vocação da liberdade que sempre demonstrou possuir. Sua relação com a natureza, nesse período, foi estreita e íntima, por isso nunca a temeu e até mesmo a desafiou algumas vezes. São registros da vida selvagem – pelo menos no que tange às carências do meio – de uma criança que, mais tarde, seria levada a brilhar no centro da civilização brasileira, a capital Rio de Janeiro.

O AUTOR

CAJUEIROS AO VENTO

Não era a primeira vez que Cassiano ficava sozinho. Naquele dia, ele e sua irmã mais nova foram deixados com Dona Nicinha para que seus pais embarcassem para São Luís. O pai costumava viajar muito a negócios, mas ia quase sempre só. Dessa vez, Dona Anita foi com ele, e, apesar dos seis anos apenas, Cassiano pressentiu algo diferente na voz da mãe quando pediu, meio veladamente, à sua vizinha de confiança:

– O Eliaquim está muito precisado de médico. Cuide deles pra mim, Nicinha, até a nossa volta.

– Sossegue, comadre. Vou olhar bem os meninos. Compadre Quim vai ficar bom, confie.

Passado algum tempo, uma carta chegou pelo Correio, e Dona Nicinha, depois de lê-la, ficou com o rosto franzido de preocupação. Desorientada, na frente dos meninos, largou o papel, correndo para o pequeno oratório, onde se ajoelhou com as mãos cobrindo o rosto.

Cassiano, que brincava no chão com a irmã, levantou-se e, associando a aflição da mulher à ausência dos pais, pôs-se a chorar miúdo. Dona Nicinha, despertada pelo choro da criança, persignou-se apressadamente e chamou-as para fora, alegando alguma providência que precisava tomar. Queria era sair dali, para aliviar o susto. No caminho, ao vê-los passar, uma vizinha perguntou:

— O que ele tem que está chorando?

— O pai dele, compadre Quim, morreu... Do coração – respondeu Dona Nicinha.

— Coitado, tão novinho, já órfão...

Cassiano viu a cara de pena que a mulher fez olhando para ele, e chorou mais alto. Observando a sequência de palavras e gestos pesarosos dos últimos momentos, que pareciam ligar algo ruim à figura de seu pai, o menino entendeu que devia manifestar-se daquela forma, chorando. Na verdade, não compreendia bem o que era morrer e o que isso traria de alteração na sua vida e na de todos. Mas, se as pessoas mais velhas buscavam o oratório para rezar, lastimavam-se e faziam cara de dó, era porque tinha acontecido alguma coisa, e podia ser com o seu pai, e por isso ele chorava com força, mesmo que os soluços brotassem por um motivo não bem compreendido, mesmo que as lágrimas não viessem todas do coração.

Dona Nicinha andava na frente e puxava os meninos, dando a impressão de não querer chegar a lugar algum, pois, ao fim de uma rua, virava para outra e, ao fim desta, tornava à primeira. Parecia que estava aliviando os nervos com o exercício despropositado.

Talvez, o significado daquilo tudo, da morte de que falava a carta que desorientou Dona Nicinha, tenha escapado à exata compreensão de Cassiano, mas ele notou, enquanto seguia os passos ligeiros da madrinha, que as árvores balançavam tristemente com o vento, e muitos pássaros se agitavam nos seus galhos cheios de cajus cheirosos. Cassiano gostava muito de cajus.

UMA QUASE TRAGÉDIA

A doença de Eliaquim datava de mais ou menos dois anos atrás, quando se deu o fato que marcou a vida da família para sempre, pelas sequelas que deixou. Cassiano assistiu a tudo e não mais se esqueceu.

Seu pai era um homem garboso, destemido, alto e loiro. Os irmãos dele eram todos loiros, lembrando algumas características do tipo de europeu do Norte. Mas as evidências maiores mostravam que o nome de família descendia mesmo de antigas gerações portuguesas que procuraram se adaptar às terras brasileiras.

Eliaquim confirmava essa origem europeia pelos traços bem desenhados do rosto, porte elegante e ágil. Cabelo cheio e amarelado, como o bigode. Valente e sempre em movimento, gostava de mostrar seus dotes de bom cavaleiro. Às vezes, passava semanas fora, comprando gado e partidas de cereais que vendia em São Luís, antes de voltar para casa e reassumir o comando do seu estabelecimento comercial, que, na sua ausência, ficava com algum parente.

Uma cena familiar guardada na memória infantil de Cassiano, e que mostrava o perfil alegre e provocador do pai, era a de que ele nunca usava a portinhola lateral para sair de dentro do balcão da venda. Simplesmente, colocava a mão espalmada sobre a tábua larga e, num salto atlético, jogava o corpo para o lado de fora, caindo de pé, ereto e irreverente.

Certo dia, Eliaquim fora dar um passeio, como fazia todas as manhãs, com um cavalo de sela muito temperamental e que exigia experiência para conduzi-lo. Amava cavalgar e sentia-se feliz galopando animais fogosos, mas que lhe aceitavam o controle. De volta da longa caminhada, com o animal suado e cansado, movimentou as rédeas para estacar bem em frente à porta da casa, quando sua filhinha de apenas dois anos surgiu correndo do interior e tropeçou, caindo de bruços na rua, sob o animal que encostava. Eliaquim gritou e conseguiu reter o cavalo, mas viu horrorizado que o vestidinho da menina ficara preso sob uma de suas patas. Estarrecido, previu uma tragédia. O animal resfolegava, inquieto. A intervenção de alguém poderia ser desastrosa. Qualquer movimento, e o corpinho da menina poderia ser esmagado. Desesperado, sem tempo para pensar em nada, decidiu fazer o que lhe veio primeiro à cabeça. Rápido, cravou com força as esporas no ventre do cavalo, que, num impulso violento, todo escorado nas pernas traseiras, atirou-se à frente, desfazendo o perigo.

Em estado de choque, Eliaquim desceu do lombo do animal e pediu um caneco com água à mulher, que acudiu ao seu grito e chegou a tempo de assistir ao desfecho da cena assustadora.

Enquanto o marido tomava a água, trêmulo, em goles indecisos, Dona Anita reparava a extrema palidez do seu rosto.

Desde aquele dia, Eliaquim perdeu a saúde e não foi mais o mesmo.

A DOR MUDARIA DE ENDEREÇO

Dona Anita partira casada para São Luís e voltava viúva a Miritiba. O que era para ser uma viagem de consulta aos médicos da capital, com tempo para tratar de negócios comerciais, terminou por separar o casal, deixando os filhos órfãos de pai.

Antes da viagem fatídica, Eliaquim havia construído uma casa nova, para onde a família havia se mudado. Toda de tijolos, assoalhada, com várias janelas à frente. Espaçosa e confortável, essa casa nova tinha agora pouca importância para Dona Anita. Ao chegar, sustentada pela comadre Dona Nicinha, penetrou sua viuvez pela ampla sala e foi desaguar em pranto no quarto largo e arejado.

Recostada numa rede, num dos cantos do cômodo, os olhos vermelhos e encharcados, Dona Anita contou às vizinhas, sentadas ao redor, o drama vivido na capital. Os cabelos compridos e negros, embaraçados, caíam-lhe sobre o rosto e se misturavam com o choro sentido. A cada referência ao ex-marido, as lágrimas deslizavam mais abundantes, emocionando as amigas. Todas se mostravam solidárias, dizendo palavras de conforto, mas, naquele momento, Dona Anita era apenas um vazio, todo ocupado pela dor.

E custou a melhorar. Os olhos da saudade insistiam em trazer para ali pertinho, junto dela, aquele homem que tanto amava. Os primeiros tempos foram muito difíceis. Embora muito nova, viúva, com três filhos pequenos, Dona Anita assumiu seu novo papel na família com bravura e espírito heróico. Vivera feliz com o marido e sempre soubera respeitar o seu gênio expansivo e alegre, que contrastava com a sua maneira renunciadora e resignada, bem própria das mulheres do seu meio. As longas viagens e compridas ausências de Eliaquim, e que certamente davam azo à fruição das amáveis coisas da vida de que gostava, não perturbavam Dona Anita, que compreendia a necessidade de liberdade do marido, e sabia prendê-lo com a sua dedicação de esposa e o costumeiro perdão de suas faltas eventuais.

Antes de se casarem, Eliaquim vivera com uma cearense com quem tivera três filhas. Falecida essa moça, Eliaquim desposou Dona Anita, que, humilde e resignadamente, concordou em receber como filha uma das meninas. As outras, ela mesma confiou à guarda de duas senhoras das suas relações. A menina cuidada por Dona Anita com o mesmo amor dado aos outros filhos foi, providencialmente, sua grande amiga ao longo dos anos, retribuindo, em carinho, apoio e lealdade, o que recebera daquela mãe abnegada.

Um ano depois, essa mulher simples e generosa que conquistara a atenção de Eliaquim, não tanto pela beleza, mas, possivelmente, pelo porte elegante do seu tipo, e que, depois de casada, sempre se mostrara solícita ao homem da casa, tomaria uma decisão firme e destemida. Aquela Miritiba, vazia sem o marido, a angustiava. Entendendo que precisava mudar de ares, venderia os bens da família e partiria com os três filhos para Parnaíba, no Piauí, onde já viviam seus irmãos, perto dos quais gostaria de estar, e onde esperava enterrar de vez a sua dor. As casas, o gado, a fazenda, bem como o estabelecimento comercial do falecido, seriam vendidos por valores um tanto depreciados, e a soma apurada, infelizmente, não lhe impediria as dificuldades futuras.

A decisão de Dona Anita, naquelas circunstâncias, fez revelar sua superioridade mental sobre outras tantas mulheres da sua convivência, demonstrando não só coragem, mas a determinação de reiniciar a vida com os filhos em outro lugar, levando dali só as boas lembranças.

De pouco preparo intelectual, recebera, no entanto, influências positivas do marido, que lhe reforçaram a personalidade. Sabia escrever com bonita caligrafia. Apreciava ler romances e gostava de cantar, baixinho, as modinhas tristes que aprendera. Uma voz sumida, sufocada, ecoava do fundo do seu peito enquanto se ocupava com algum afazer. Isso lhe destacava a sensibilidade e o perfil maduro.

Foram sete anos de convivência boa e alegre com o esposo Eliaquim, em Miritiba. Não tinha como remediar agora a sua ausência definitiva, e ia sentir falta do seu jeito de resolver tudo, mas estava disposta a assumir o comando da família. As dificuldades, se viessem, encontrariam Dona Anita preparada.

SEGUNDO ENCONTRO COM A MORTE

Cassiano só conheceu a avó Dinda, mãe de seu pai, quando chegou a Parnaíba. Senhora gorda, alegre e sensível, vivia na casa de um dos filhos, ocupando espaçoso cômodo onde costumava acolher os familiares, dando e recebendo carinho. Deitada numa rede branca, tinha, ao seu lado, frequentemente, a companhia de uma criada ou de uma das netas maiores, que a atendiam naquilo que mais lhe dava prazer: ouvir a leitura dos romances da moda, histórias cujos personagens a encantavam.

O quarto da avó Dinda era, assim, invariavelmente, muito movimentado. Dois dos seus filhos a visitavam todos os dias e, em troca de sua bênção, ofertavam frutas e guloseimas, que ela repartia com os netos, principalmente os menores. E, entre esses menores, estava Cassiano. O menino não se acanhava em pedir a bênção duas, três vezes ao dia, àquela senhora gorda e branca que lhe fez conhecer as pequenas latas de marmelada portuguesa que tanto o deliciavam.

– Venha, tome o seu pedaço... – dizia a avó, cheia de compreensão para com aqueles olhos ávidos de menino órfão.

Contudo, além daquele agrado que a avó Dinda lhe proporcionava e que revelava uma generosidade natural, Cassiano não percebia nenhum outro gesto dela que pudesse ser entendido como um verdadeiro carinho. Dentre os netos que ali se reuniam, todos beneficiários dos prêmios que ela prodigalizava, ele, Cassiano, era o que mais sofria a carência de afeto. Desajeitado e pouco sociável, não encontrava outros motivos, além dos doces, para se aproximar da avó e daqueles outros meninos, todos superiores a ele, mais bonitos, mais bem vestidos, mais felizes. Todos tendo pai.

Cassiano assim pensava, observando o comportamento dos adultos que raramente se dirigiam a ele com palavras e demonstrações de afeição. Com isso se repetindo, não só ali, mas em todos os lugares que frequentava, desenvolveu-se nele um complexo de inferioridade que o classificava como feio, plebeu e malcriado. Passou a ver-se assim, a sentir-se assim. Embora inconscientemente, pressentia, em torno de si, uma atmosfera de repulsa e prevenção, que lhe causava dor e revolta. Para se defender, afastava-se das pessoas, mergulhando no seu mundo interior, cheio de timidez, desprezo e inconformação. Eram as únicas armas de que dispunha.

Cassiano não se dava conta, mas muito dessa prevenção contra ele, que achava injusta e má, vinha do seu comportamento impulsivo e rebelde. Essa característica da sua personalidade se manifestou desde a primeira infância e se estendeu pela adolescência, ganhando a mais os contornos da funda tristeza e do orgulho. Suas ações imprudentes e desastradas, na maioria das vezes, não eram premeditadas, saltavam de dentro dele e acabavam fazendo sofrer as pessoas, que previam um futuro espinhoso para aquele menino triste.

Uma vez, ainda em Miritiba, Cassiano ouvira, numa conversa de adultos na cozinha, que a urina humana era remédio infalível para muitas doenças. Com aquela estranha indicação terapêutica na cabeça, assim que surgiu uma oportunidade ele quis testar a solução nauseante na irmã pequenina, que era, invariavelmente, a sua vítima preferida. Encheu uma cuia e ofereceu:

– Tome isto e nunca mais ficará doente.

Forçada, a garotinha reagiu com estardalhaço. Os que estavam na casa acudiram de imediato, e, assim que se desvendou o atentado, Cassiano levou uma surra proporcional à sua ousadia.

De outra feita, também em Miritiba, na volta da fazenda de gado do seu pai, Eliaquim, onde vira peões marcando os novilhos com ferro em brasa, Cassiano teve a tentação de imitá-los. Brincava com a irmã no quarto de dormir, sobre uma esteira estendida no chão, ela, com as roupinhas de sua boneca, ele mexendo em cacarecos, quando teve uma ideia, que de maneira alguma pôde ter sido inspirada por um anjo. Impulsivo, tratou logo de pô-la em prática. Pegou uma tesoura próxima, esquentou-a na chama de uma lamparina de querosene que iluminava o ambiente e, quando o aço reluziu vermelho, propôs delicadamente à irmã, de apenas três anos:

– Mica, posso marcá-la a ferro? – disse modulando a voz.

– Pode... – respondeu a menina, entretida com o vestidinho da boneca.

Cassiano, com ingênuo requinte, reaqueceu a lâmina, aproximou-a do bracinho gorducho da irmã e encostou. O grito medonho espalhou-se pela casa, todos acudiram com presteza. Cassiano fugiu espavorido e escondeu-se, inutilmente. Teve motivos para jamais se esquecer da sova que levou, talvez a mais bem aplicada de toda a sua infância. Mica ficaria com a marca no braço por longos anos.

Os doces e as frutas da avó Dinda eram, sim, muito especiais para Cassiano, e, por eles, valia a pena enfrentar o desconforto psicológico das reuniões no quarto sempre cheio. Mas, naquela tarde, Dona Anita fizera questão de vir junto com ele. Ao chegar à casa da avó, encontrou tudo diferente. Algumas pessoas se agrupavam do lado de fora, em conversa baixa. Espiou por uma das janelas francamente abertas, viu gente sentada em bancos, cochichando ao redor de um caixão preto com enfeites dourados que ocupava o centro da sala. O tio Armindo, vestido de preto, sacudia pelo chão um líquido cheirando forte, possivelmente para espantar o odor que saía de lá de dentro. Compreendeu que não haveria a reunião com os primos, nem ganharia os doces.

Mais uma vez, a morte, com suas surpresas, desafiava o entendimento de Cassiano. A uma ordem da sua mãe, sentou-se na calçada e, olhando os meninos vizinhos do outro lado da rua, pensava com orgulhosa superioridade: "A avó que morreu é a minha, não a de vocês..."

OS CONSELHOS DO PADRE ALONSO

Antiga aldeia de índios, Miritiba tinha muitos atrativos além de suas dunas de areia branca e fina, que o vento cuidava de levar, nas correntes constantes, de um lugar para outro, incessantemente.

De frente para o mar, sobre elevações de areia fofa, estendia-se uma primeira fila de casas. Adentrando na vila, o casario se espraiava em outras fileiras, coabitando com carreiras de cajueiros nativos, tendo, pelos costados, o curso do rio Piriá, que deságua no mar, lá adiante. Nas paragens baixas, um pequeno e rico mangue era regado pelas águas salgadas das marés altas. O resto era mataria, cheia de nascentes de água doce, de onde o povo de Miritiba tirava a água para beber, e tanques que se formavam entre pedras, onde se banhava. Canoas ancoradas nas margens do rio, pescadores e trabalhadores do mangue completavam a paisagem de beleza agreste.

A casa de Eliaquim e da família, bem como sua loja comercial, ficava na rua principal de Miritiba, de esquina, pegando um pedaço de travessa, onde justamente ficava o jardim de roseiras *todo-o-ano*, que justificavam plenamente esse nome, mantendo-se sempre floridas.

Um frequentador habitual desse jardim era o Padre Alonso, vigário da paróquia e figura proeminente na vila. Sempre que visitava a família, pedia à Dona Anita permissão para colher um botão.

– Permita-me, Dona Anita, colher uma rosa de seu lindo jardim e levar à minha Ambrósia?

– Não se atrapalhe, Padre Alonso. Pegue a flor – dizia Dona Anita, satisfeita em poder servi-lo.

Padre Alonso vivia numa casa confortável da praça, bem em frente à igreja, juntamente com Ambrósia e mais sete filhos. Querido pela pequena comunidade, não sofria qualquer tipo de preconceito, sendo como era, naquele tempo, uma espécie de autoridade que substituísse o Estado. Qualquer dúvida sobre a sua conduta moral era totalmente dissolvida pela sua postura cristã conhecida de todos, e pelo modo como convivia com a mulher e os filhos, que lhe usavam o nome sem constrangimento e o respeitavam acima de tudo.

Estatura mediana, mais para gordo, rosto simpático com duas bochechas rosadas debaixo dos olhos muito azuis, Padre Alonso cumpria à risca sua missão eclesiástica. Em momento algum, a família que constituíra fora da Igreja o impedia de levar aos paroquianos, nas suas andanças pela região, as bênçãos de Deus aos doentes, aos que se casavam, aos que eram batizados.

Numa dessas visitas do Padre Alonso, Dona Anita resolveu esticar a prosa com o vigário para um assunto sério que tinha em casa: o filho Cassiano.

— Padre Alonso — disse Dona Anita —, Eliaquim e eu temos preocupação com as traquinices do nosso menino.

— Coisas de todos os meninos, senhora Dona Anita...

— Mas, padre — explicava a mãe de Cassiano —, tem horas que ele abusa, parece que está com "o coisa-ruim". Não o reconheço.

Padre Alonso, paciente, tentava tranquilizá-la:

— Isso passa, Dona Anita. Menino-homem é travesso assim...

— Ninguém conhece as traquinagens dele, padre... Ele inventa. Quando a gente dá fé, o mal está feito! Uma criança ainda... Outro dia, ele queimou com fogo o bracinho da irmã!

– Senhora Anita, vai passar... Os filhos crescem e tomam rumo na vida. O Cassiano é esperto, inteligente e, quando ficar maiorzinho, vai dar alegrias ao Seu Eliaquim e à senhora. Não deixem de amá-lo por essas peraltices. Rédeas curtas, Dona Anita, mas sem sufocar.

– Mesmo assim, Padre Alonso, reze por ele e lhe dê a sua bênção.

O vigário se despediu com um gesto de mão, enfiou o chapéu na cabeça redonda e saiu, levando com extremo cuidado a flor que ofertaria a Ambrósia, assim que chegasse em casa.

AS LIÇÕES DA ILHA

Cedinho, o Sol nem beijara ainda as praias de Miritiba e já se ouvia barulho na cozinha de Dona Anita. O café e o cuscuz de milho fumegavam sobre a mesa, ao lado do bolo de massa puba e outras farturas.

Eliaquim saboreava os pratos com o auxílio indispensável da manteiga, que fazia rodear em cada pedaço antes de levar à boca. Dona Anita ria em silêncio, vendo o prazer do marido no ritual da alimentação.

– Anita – disse Eliaquim, depois de um gole do café preto –, acorde os meninos. Quando o Sol apontar, já quero estar na água.

– Quem vai gostar é o Cassiano... – observou Dona Anita, contente.

– Espero que sim. Ele é como bichinho solto, gosta de espaço. Vá, chame.

A família se preparava para uma temporada em Macacoeira, uma ilhazinha mar adentro, onde a extravagância de Eliaquim pretendia comprar uma fazendinha lá existente. Habitada por alguns colonos que trabalhavam para um proprietário ausente, ali se plantava um pouco e se criava algumas cabeças de gado leiteiro.

Eliaquim reuniu alguns homens e embarcou com a família num barco à vela, rumo à ilhota. Lá chegando, não viu, além dos casebres dos colonos a meia distância, as benfeitorias que esperava encontrar. Apenas um curral precisado de reforma e um rancho com teto de palha e laterais abertas.

Com seu temperamento voluntarioso, juntou os canoeiros que trouxera e, em algumas horas, com folhas de pindoba amarradas no teto, cercou a cabana e lhe deu três compartimentos: dois quartos e uma sala. A cozinha foi arranjada ao ar livre. Algumas pedras serviram de fogão, e, nos troncos das árvores próximas, se pendurou panelas e utensílios.

Naquele ambiente rústico, mas extremamente saudável, cercado de vida natural, comia-se o peixe farto, bebia-se o leite fresco e, na mata ao redor, colhia-se tanta fruta, tanto caju, que podia dar-se ao luxo de morder um, morder outro, sem comê-los inteiros. As imensas sobras espalhadas pelos caminhos serviam de banquete à infinidade de pássaros da ilha.

Essa vida mais largada e sem nenhum conforto agradava demais ao gosto de Eliaquim. Afeito à informalidade, esses dias soltos com a família talvez tenham sido os mais felizes de sua curta existência. Dona Anita, mais metódica, não confiara só no que a natureza podia oferecer e levou uma provisão de gêneros, constituída de arroz, açúcar, sal, farinha, café, bolachas. As sobras do desjejum da manhã da partida serviram à fome de todos no primeiro dia na ilha. Essas provisões ficaram do lado de fora, ao redor do rancho, em caixas e cestos arrumados por Dona Anita, que buscava as coisas conforme ia precisando.

Se, por um lado, Eliaquim apreciava aquela aventura nas matas de uma ilha, em pleno mar, por outro, Cassiano estranhou a monotonia. Enquanto Eliaquim sentia-se remoçar naqueles dias despreocupados e caprichosos, Cassiano parecia amadurecer novas possibilidades de travessuras na cabecinha infantil. Não que as planejasse. As ideias chegavam de inesperado em sua mente, e ele as punha em ação imediatamente, como se cumprisse uma ordem.

Dona Anita trouxera de Miritiba algumas dúzias de ovos, que acondicionou numa caixa, junto com outros alimentos, atrás da casa. Acostumado a rondar aquele espaço da despensa, tendo descoberto o esconderijo dos ovos, inexplicavelmente, como um autômato, Cassiano passou a quebrá-los um a um, atirando as cascas em moitas próximas. Dona Anita não demorou a descobrir a molecagem e, indignada, menos pela perda dos ovos, mais pela insolência do filho, deu-lhe uma surra inesquecível.

Passados apenas alguns dias do acontecido, sempre à cata de algo para comer e percebendo que a mãe pouco mudara a disposição dos alimentos, Cassiano assaltou novamente a caixa, empanturrando-se de farinha, açúcar, bolachas, enquanto bebia água para fazer descer o bolo goela abaixo.

Passou mal o resto do dia e a noite. Dona Anita, desta vez, não bateu, preferindo encher os ouvidos do menino com um sermão daqueles. Só não se sabe se o discurso materno foi suficiente para preveni-lo, vida afora, dos pecados da gula.

Essas contrariedades, entretanto, não tinham força suficiente para destemperar o humor de Dona Anita por muito tempo. Logo voltava à rotina, satisfeita, vendo Eliaquim feliz como nunca no meio do mato, fazendo as coisas do seu agrado.

FUGA DA ESCOLA

A primeira experiência escolar de Cassiano não foi nada boa. Com seis anos e pouco, Dona Anita achou que era hora de o filho sair da preguiça e entrar no alfabeto.

Bem perto de casa, funcionava a escola primária do Professor Augusto, um homem alto, forte, de feições severas, que usava uns óculos escuros para proteger as vistas de um mal qualquer, e que causou estranha impressão em Cassiano, muito próxima do medo.

Junto a outras crianças, todas humildes e assustadas, Cassiano entrou na sala escura e quente, simplesmente obedecendo a uma ordem. Coube-lhe sentar numa das pontas do banco de madeira sem encosto, a alguns metros da porta. Quem o trouxera já havia partido, e Cassiano sentiu-se abandonado e só em meio ao magote de meninos, que se entreolhavam.

Como os outros, ele não sabia bem o que fazia ali. Seu Augusto, que se sentara depois de organizar as crianças nos bancos, levantou-se e começou a andar de um lado a outro do cômodo. Conforme falava, com a sua voz trovejante, batia numa das mãos com um instrumento comprido, de cabo, que, mais tarde, Cassiano soube se chamar palmatória, e que servia para castigar alunos desobedientes.

O calor dava um peso no ar e fazia as mãos suarem. Um cansaço pegajoso não deixava Cassiano entender o que queriam dizer as palavras que o Professor Augusto proferia. O estrondo da voz ressoando pela sala abafada, aquelas pancadinhas irônicas na palma de sua mão grande e cabeluda, os óculos pretos que não deixavam ver o seu rosto, tudo contribuiu para oprimir o seu coração, já aflito. Ainda pior quando o professor, rondando entre os bancos, parava pertinho dele, parece que ameaçando com aquele vozeirão.

Cassiano não resistiu mais que duas horas. Seu Augusto escrevia qualquer coisa na lousa, lentamente, de costas para os alunos. Umas coisinhas miúdas a que ele dava nomes: a, e, i... Cassiano olhou, pela porta aberta, o mundo cheio de sol, lá fora. Não precisou de mais nada para tomar a decisão que tomou. Estudou o caminho, do banco à saída, e, zás, partiu na carreira, sem olhar para trás.

Só conseguiu parar quando achou que estava em segurança, depois de entrar em casa, atravessar vários cômodos e estacar no quintal do fundo, arfando, escondendo o rosto com os braços. Não demorou quase nada, e Dona Anita apareceu junto dele, imperativa:

– Volte agora para a escola ou apanha!

Cassiano preferiu apanhar.

Nenhuma outra circunstância da sua meninice lhe causou tanto pavor quanto aqueles momentos tenebrosos na sala de aula do Professor Augusto. Nem mesmo quando escapou, por milagre, de morrer afogado no rio.

Um dia, Dona Anita pediu ao filho que levasse um recado a uma família amiga, nas proximidades. No trajeto, Cassiano foi atraído pelos movimentos malucos das canoas ancoradas à beira do rio, que, em vista da maré de enchente, nas proximidades do mar, só não eram arrastadas pela correnteza por estarem fortemente amarradas em estacas. Cassiano desceu a ribanceira e, pertinho, ficou observando o sobe e desce, o vai e vem das embarcações, que se elevavam com o volume crescente das águas. Percebendo que uma delas, em certos momentos, chegava quase à margem, entrou na água na tentativa de tocá-la.

Com água já pelo peito, obstinado, impulsionou o corpo, esticou os braços e segurou na borda da canoa, bem na hora em que esta deu um tranco fazendo o movimento para o largo. As mãos de Cassiano escorregaram, e as águas já volumosas o envolveram. Seu corpinho sem peso desceu e subiu sacudindo, enquanto os braços apavorados batiam na água espumosa. Do alto do morro, alguns pescadores viram a agitação incomum e correram barranqueira abaixo, entraram na água e resgataram o menino.

Um momento mais, e Cassiano seria tragado pela correnteza rio adentro, em direção ao mar, sem deixar nenhum rastro.

O MUNDO ENIGMÁTICO DAS LETRINHAS

Na verdade, a penosa experiência vivida por Cassiano na escola do professor Augusto não passou de um plano encomendado por Dona Anita, que, para tentar conter a escalada de rebeldia do filho, combinou com o professor aplicar-lhe um susto. A ideia funcionou por algumas semanas, enquanto a ameaça de fazê-lo voltar para a escola foi usada com energia por Dona Anita. Com o tempo, tanto ela quanto o filho se cansaram da farsa.

Apesar do malogro do primeiro ensaio escolar, que gravou fundo na mente de Cassiano a figura assustadora do velho professor, menos de um ano depois bateu nele um entusiasmo e, cheio de animação, agarrou-se a uma cartilha de ABC, disposto a aprender. Durante muitos dias, enquanto todos saíam à noite para a concorrida festa da Senhora das Graças, ficava ele deitado na esteira de carnaúba, debruçado sobre o livrinho, juntando as letras, tentando adivinhar um sentido para aqueles sinais desafiadores.

Nesse período em que Cassiano voluntariosamente se devotou à tarefa de se alfabetizar, sua mãe teve um papel importante no seu aprendizado. Soletrava, lia devagar formando sílabas, escrevia suavemente no papel e pedia que ele reforçasse por cima com o lápis, enquanto pronunciava: "b com a, bá; b com e, bé"...

Tempos depois, frequentou outras escolas, onde aprimorou os estudos básicos. Mas foi com a mãe, gozando a sensação de liberdade que o estudo em casa proporcionava, que Cassiano despertou para o mundo enigmático do alfabeto. Antes mesmo de ingressar na escola da professora Sinhá Rocha, já conseguia ler a cartilha e copiar, sem esforço, a frase inscrita na última folha: "O amor de Deus é o princípio da sabedoria".

Jovem e delicada, a professorinha Sinhá cativava com sua graça os alunos que vinham estudar na sua escola, praticamente todos dos lugares mais pobres. Foram vividos ali doces momentos. Muitos anos depois, Dona Sinhá foi vista no Rio de Janeiro, onde passou a viver.

Já com Dona Maria de Luna, Cassiano avançou um pouco mais no terreno do saber. Casada, sem filhos, consagrava-se aos filhos alheios, preparando-os para a vida. Frágil, triste, de pouco falar, fazia-se respeitar por todos pela extrema dedicação que devotava ao seu ofício de ensinar.

A fragilidade e a devoção pareciam ser a doce característica de muitas das professorinhas de antigamente. Superando dificuldades imensas, inclusive pessoais, conseguiam resultados surpreendentes no trabalho de alfabetizar e mesmo educar tantos meninos esquecidos das regiões longínquas desse Brasil. Quantas delas não eram, com sua maternal severidade, as principais reformadoras dos caracteres de crianças vacilantes e viciadas nos seus domicílios? Quantas, de certo modo, não substituíam o pai ou a mãe na transferência de carinho e atenção ao aluno órfão e carente? Quantas não deram os fundamentos que acabaram formando, mais tarde, homens públicos, administradores, artistas, cientistas, políticos? Essa conduta praticamente fazia parte dos recursos vocacionais das professorinhas dos cursos primários. Tanto empenho e humildade faziam-nas figurar, com frequência, na galeria da memória de muitos alunos, que, já em idade avançada, não as esqueciam jamais. Ainda há muitas delas por aí, cumprindo o seu sacerdócio.

Apesar do prestígio alcançado por seu trabalho honesto junto à classe, Dona Maria de Luna não abdicava dos recursos enérgicos e até humilhantes usados na época para manter a disciplina.

Era comum ver-se um aluno de joelhos num canto da sala ou sofrendo, nas mãos abertas, as estaladas da palmatória. Havia também outras formas de humilhação que atingiam o aprendiz despreparado, irrequieto, distraído ou ingênuo. Estas partiam dos próprios alunos, que encontravam em tudo motivos para caçoar.

No dia em que Cassiano chegou à escola, Dona Maria de Luna quis testar-lhe os conhecimentos.

– Senhor Cassiano, venha até a minha mesa, traga o seu livro de leitura.

Cassiano postou-se ao seu lado. A professora examinou o livro, abriu-o na primeira lição, que falava de um palhaço bufão, e ordenou:

– Leia aqui.

Pensando que surpreenderia os colegas com aquilo que já sabia, Cassiano fechou o livro e disparou:

– O palhaço bufão...pá...pá...pá...pá...

– Não, senhor! – interrompeu Dona Maria de Luna. – Não, senhor! Não quero ouvir o que decorou. Quero que leia, Senhor Cassiano. Leia o que pedi!

A classe inteira estrondou numa risada. Cassiano levou um choque, vermelho de vergonha, atônito. Os alunos riam e comentavam a estreia desastrada do novato. O barulho não cessava, e foi preciso a intervenção autoritária de Dona Maria de Luna para controlar os meninos: – "Psiuuu!

O silêncio voltou aos poucos, e alguns dos zombeteiros conseguiram perceber um leve risinho no canto da boca da professora.

ADEUS EM NOITE DE POUCA LUA

Eliaquim falecera há um ano, e, nesse período, Dona Anita resolveu as pendências do espólio deixado pelo marido, enquanto arquitetava planos de mudança. Decidida a partir de Miritiba, aceitara passar uma breve temporada em casa de parentes em São Luís, tempo este que usaria para refletir onde fixaria definitivamente a família.

Foi numa noite de pouca Lua que os quatro, a mãe, as duas filhas e Cassiano, subiram a bordo de um grande barco a vela e deixaram o vilarejo natal.

Muita gente veio dar o seu adeus àquela família, que criara laços de amizade sincera no lugar. Da praia, as pessoas agitavam os braços e gritavam palavras de despedida a Dona Anita, que, chorosa, respondia balançando um lencinho branco. Era comovente ver, da areia, a silhueta das crianças agarradas à mãe, balançando levemente no escuro da noite, ao sabor do movimento do barco na maré cheia.

Velas içadas ao vento, a embarcação ia sendo empurrada mar adentro e começava a encher de saudade o espaço da separação. Completando sete anos por aqueles dias, Cassiano não percebia que deixava para trás a terra a que jamais retornaria.

Após a longa viagem, desembarcaram em São Luís, onde os esperavam Basílio e Irma, tios-avós de Cassiano. O casal de parentes de classe média vivia com simplicidade numa casa modesta, mas confortável. Como é natural nos nordestinos, os tios Basílio e Irma se mostraram solícitos com os visitantes e procuraram deixá-los à vontade no pouco mais de um mês em que ali estiveram hospedados.

A estadia na cidade grande e importante causou forte impressão em Cassiano, acostumado à vida provinciana da vilazinha de onde viera. O pavimento das ruas, o bonde, as fábricas, não o fascinaram tanto quanto o comércio variado, as mercadorias coloridas expostas ao alcance das mãos, as lojas de brinquedos inacreditáveis que mexeram com os seus desejos.

Uma situação agradável vivida nesse período foi quando os tios Basílio e Irma levaram seus hóspedes a visitar uma família alegre e feliz, cheia de moças, amantes da poesia, com as quais Dona Anita logo fez amizade. Cassiano passou momentos inesquecíveis nesse meio, em que sua alma poética aflorou ingenuamente e fez vencer a timidez crônica que sentia diante de estranhos. Depois dessa vez, houve mais duas ou três visitas, todas regadas a versos, cantos e declamações.

Eliaquim, o pai de Cassiano, tinha, como uma de suas excentricidades, o costume de compor versos. Dotado de uma sensibilidade instintiva, escrevia por satisfação íntima, e guardava, num pequeno móvel de seu quarto, um caderno cheio de poesias. Dona Anita, por sua vez, emocionava-se com as baladas tristes que apreciava cantar, como que aliviando uma inexplicável melancolia que trazia no peito. Esse ambiente caseiramente poético passou a ser vivido com certa intensidade quando Dona Anita, um dia, surpreendeu Cassiano com o caderno do pai nas mãos, tentando soletrar alguns de seus versos. A partir daí, começou a lê-los para os filhos, fazendo-os decorar inúmeros trechos dos escritos do marido, bem como versos de Casimiro de Abreu e Gonçalves Dias, que apreciava muito.

Recolhendo na memória esse material e recitando-o aos presentes, Cassiano e a irmã mais nova, de cinco anos, fizeram sucesso nas reuniões da família acolhedora. As moças aplaudiam e pediam novas recitações, surpreendidas com o desembaraço das crianças matutas. E a cada nova visita da família miritibana, as moças traziam novos espectadores, e, ao final de cada apresentação, os meninos ganhavam doces e beijos da plateia, formada por membros da boa sociedade da capital maranhense.

Assim que chegou a São Luís, com a expectativa de um lugar para morar e retomar o seu dia a dia, Dona Anita fez questão de visitar os amigos de Eliaquim, Sr. Leno Cintra e esposa. O senhor Cintra era um empresário do ramo da importação e hospedava Eliaquim sempre que este vinha negociar na capital, na maioria das vezes só, poucas vezes com a mulher. Mesmo assim, Dona Anita criara laços de amizade com o casal, pessoas simples e devotadas.

Na última vez em que os dois lá se hospedaram, Eliaquim consultou um médico e queixou-se a ele de dores no peito, insônia, falta de apetite, perda de peso, sintomas que teriam começado desde o episódio em que quase matara a própria filha, caída sob as patas do cavalo que montava. O médico, após examiná-lo, fez um diagnóstico cauteloso.

Alguns dias depois, tendo almoçado em companhia dos anfitriões, recolheu-se com a esposa para o quarto a fim de trocar de roupa e seguir para um compromisso comercial. Sentou-se na rede, calçou uma das botinas, e ia calçar a outra, quando esta escapou-lhe das mãos, seu corpo pendeu para o lado, e ele balbuciou:

– Anita, dá-me o éter...

Dona Anita correu com o frasco e encostou-o ao nariz do marido para que respirasse, mas, pondo a mão sobre o seu peito, soltou um gritou ao perceber que o coração não batia. Eliaquim estava morto.

Essa visita à casa dos Cintra tinha agora, para Dona Anita, um sabor misto de saudade e de dor, sentimentos estes compartilhados pelo casal amigo.

Só bem mais tarde, já crescido, Cassiano veio a conhecer, em detalhes, os últimos momentos vividos pelo pai Eliaquim ali, naquela casa, na cidade de São Luís.

O BRINQUEDO QUE NÃO PÔDE SER SEU

Após mais de um mês em São Luís, Dona Anita resolveu que era hora de voltar ao seu meio, à sua gente. Soube que o casal Cintra estava de viagem marcada para o Ceará, onde ficariam alguns meses, então combinaram de viajar todos juntos. Dona Anita e os filhos desembarcariam no porto de Amarração, em Parnaíba, e o Sr. Leno Cintra e esposa seguiriam adiante.

Dois dias de viagem, e o navio Oriente ancorava no porto da então mais importante cidade do Piauí, mais até que a capital, Teresina. Com todo esse relevo, ainda assim Parnaíba não se comparava à próspera e bela São Luís, com seus casarões coloniais, suas fábricas, comércio intenso, bondes, ruas calçadas e movimentadas, respirando progresso.

Parentes aguardavam a chegada de Dona Anita e os filhos, e os fizeram subir no pequeno barco que os levaria a Parnaíba, a duas, três horas do porto.

A nova cidade, aos olhos infantis de Cassiano, não se apresentou senão como uma Miritiba grande, com os mesmos padrões e costumes daquela vila onde vivera até bem pouco tempo. A imensa maioria da população, de vida muito simples, tirava o sustento da pesca, do comércio miúdo e de serviços, e dos trabalhos gerais do porto. A outra reduzida parte, mais abastada, consistia dos donos de fazendas ou grandes casas comerciais, dos profissionais liberais, dos arrendatários de imóveis, dos agiotas, e outros.

Sem residência certa, pois vendera todos os seus bens em Miritiba, Dona Anita planejava construir uma casinha com os recursos da herança do marido. Enquanto isso, morou em casa alugada com alguns irmãos e irmãs e passou também breve tempo com um irmão de Eliaquim, antes de se estabelecer na própria moradia. De família grande, sabia poder contar com a ajuda de algum parente sempre que precisasse, principalmente dos mais afortunados.

Para Cassiano, ocorreu um fato humilhante ao seu coração de menino, na casa de um desses tios bem-sucedidos, e que, aos olhos dos outros, apontava a direção perigosa para onde poderia enveredar a sua alma. Estavam em visita, ele e a mãe, quando os donos da casa mandaram a criada a uma loja de brinquedos próxima, buscar as novidades que sabiam ter chegado de São Luís. A moça voltou com uma caixa repleta deles para que os meninos escolhessem. Quando a caixa foi aberta, Cassiano se deslumbrou com a variedade, os materiais, as cores daqueles pequenos sonhos de criança. Nunca tivera brinquedos tão especiais, nem jamais vira nada parecido, nos seus oito anos.

A criada, depois da consulta, passou aos dois filhos da casa, um primo e uma prima de Cassiano, os dois brinquedos escolhidos. Fechou a caixa e foi a outro cômodo buscar dinheiro com os patrões.

Cassiano compreendeu que não receberia o seu mimo. Tinham se esquecido dele. Justamente o mais pobre e triste dos meninos, e órfão. Sentiu-se rejeitado.

A criada voltou do interior da casa, tomou a caixa e retornou à loja. Lá o comerciante conferiu as mercadorias sobre o balcão:

– Ficaram com três... – disse.

– Não, ficaram com dois – respondeu a criada.

O dono do comércio recontou os brinquedos e reafirmou:

– Está faltando um... Avise lá que falta um.

A empregada, de volta, entrou em casa e foi

direto à patroa comunicar a divergência. Cassiano arregalou os olhos, sua respiração ficou suspensa. Estavam todos na sala, inclusive Dona Anita. Assim que se ouviu o recado do lojista, todos olharam imediatamente para o menino órfão. Dona Anita sentiu uma pontada no coração, teve um mau pressentimento. Recolheu-se numa expectativa mortificante. Ninguém dos presentes disse uma palavra sequer, como se tivessem algum tipo de certeza. Diante do constrangido silêncio, Cassiano, sob a pressão dos olhares que o denunciavam, entregou o brinquedo, que ocultara atrás de uma porta.

O ANIVERSÁRIO INESQUECÍVEL

As dificuldades começavam a rondar a família de Cassiano. Enquanto vivo, seu pai suprira todas as necessidades materiais do grupo, além de ser para ele fonte de segurança emocional. Sua falta, porém, trazia um vazio no seu coração, que, muito possivelmente, não poderia ser preenchido completamente pela bondade da sua mãe. Os bens que deixara como herança, desvalorizados na venda, foram também repartidos com as três filhas do primeiro casamento de Eliaquim. De modo que, passado já algum tempo sem rendimento, a família se defrontava com os primeiros obstáculos.

O imediatismo natural dos seus oito anos fazia Cassiano observar certos contrastes entre a vida simples de muitos que tinham pouco, como ele, com a abundância de poucos que tinham de tudo. Dos que tinham pai e dos que eram órfãos. Dos que podiam escolher e dos que eram obrigados a aceitar. Para ele, a vida era injusta, privilegiando a uns em detrimento de outros.

As dificuldades crescentes e a insegurança que a ausência paterna acarretava desafiavam o caráter de

Cassiano. Menino introvertido, vítima de si mesmo, achando-se feio e antipático, sentia refletir, no comportamento das outras crianças, sempre felizes, a confirmação das suas carências. Volta e meia era alvo de chacotas, ora por causa do físico, ora pela roupa que vestia ou pelo uso de expressões inadequadas que o expunham ao ridículo.

Mesmo entre os adultos, não encontrou nunca quem o fizesse ver e pensar diferente sobre si mesmo. Todo o carinho que recebeu veio pela metade, a medo, quase como uma obrigação da qual o ofertante não tinha como escapar. Esse acúmulo de emoções controvertidas e penosas para uma criança foi fermentando, em seu coração, um sentimento de autorrejeição, que o tornava cada vez mais retraído. Cassiano passou a usar a revolta como mecanismo de defesa e ataque. Com ela se vingava.

A cada ato reprovável que praticasse correspondia uma surra, pesada ou moderada, de acordo com a gravidade da falta, aplicada pela justiça de Dona Anita. Embora quisesse, com sua mão pesada, evitar desvios no caráter do filho, as surras, as prisões com cordas nos pés da mesa, humilhavam-no ainda mais e faziam crescer dentro dele a indignação, não contra a mãe, mas contra o Destino.

Amando os filhos e conhecendo bem a cada um, acompanhava Cassiano com um cuidado a mais. Observava, nas suas travessuras, não só uma característica rebelde, mas também a sede de independência e liberdade que lembrava muito a Eliaquim. E isso lhe causava certa angústia. Para suavizá-la, acompanhava os filhos de perto, procurando mantê-los sob a vista, qual ave que mantivesse sob as asas os filhotes implumes.

Dona Anita tinha a sua maneira de lhes dar carinho, às vezes de modo tocante, como no dia do aniversário de Cassiano. Já habituada à falta de recursos, recebendo mensalmente de dois parentes algum dinheiro para as despesas essenciais, tentou provocar no filho uma sensação que se aproximasse o mais possível da sua expectativa de aniversariante. Sabendo o que poderia representar essa comemoração, improvisou o quanto pôde para dar a ele uma pequena alegria.

A cena que se desenrolou na casa humilde, de gente simples do interior nordestino, naquele dia vinte e cinco de outubro, sensibilizaria qualquer ser humano que a assistisse e que, sabendo amar, compreendesse o papel único de uma mãe devotada aos filhos.

No lugar da mesa onde normalmente faziam as refeições, a mãe sensível instalou um caixote sobre uma esteira no meio da sala e enfeitou-o com uma toalha de rosto. Pôs sobre ele uns pratinhos floridos e encheu-os de guloseimas singelas, que Cassiano e as irmãs comiam, entre risos que Dona Anita provocava contando umas histórias inventadas para distraí-los. Para beber, tiveram uma solução preparada com água, vinagre e açúcar, feito suco de uva, servida num vasilhame de xarope descartado. Assim, Cassiano comemorou mais um ano de vida, esquecido por alguns momentos da dura realidade que os assediava.

MORROS DA MARIANA

Certa vez, um dos tios de Cassiano, por esse tempo residindo em Belém, mandou de presente para Dona Anita uma caixa com objetos e iguarias variadas, dentre estas, uma dúzia de latas de leite condensado. Ela mesma, ao recebê-las, arrumou-as em forma de pirâmide no armário de louças, com o maior zelo, como se guardasse objetos de valor que servissem ao mesmo tempo para decorar a sua sala.

Nas noites quentes, a família costumava reunir-se na calçada para conversar. Depois de um tempo, esgotados os assuntos, recolhia-se. Cassiano, nesse período, sofria da febre pelo saber e ficava estudando até altas horas, à luz do lampião de querosene. Numa dessas noites, espreguiçando-se sobre o livro de leitura, olhou casualmente para o armário e viu a pirâmide de latas convidativas. O impulso falou primeiro. Pegou uma, fez nela dois furos e foi esvaziando o seu doce conteúdo à medida que avançava, linha após linha, na indolente leitura. Ao final, recolocou-a, vazia, na base da pirâmide. E assim fez nas noites seguintes, sem levantar suspeitas.

Quando uma das duas tias, irmãs de Dona Anita, que passaram a morar com ela desde que havia regressado de São Luís, fazendo a limpeza das louças, esbarrou numa das latas, a pirâmide veio abaixo. A primeira a saber do desmoronamento foi Dona Anita, que, sentindo-se afrontada, aplicou mais uma sova em Cassiano.

Essa história teve como cenário a casa definitiva da família, no bairro dos Campos, construída com os recursos que sobraram. Porém, alguns meses depois de instalados na casa nova, a situação econômica da família agravou-se. Não mais recebendo a ajuda financeira dos irmãos, Dona Anita não teve outra coisa a fazer senão alugar a própria casa. Com a ajuda de pessoas próximas, partiram, então, para o arraial chamado Morros da Mariana, situado na Ilha Grande de Santa Isabel, cerca de dezesseis quilômetros de Parnaíba. A família Campos Veras cumpria como que uma sina cigana, peregrinando sem pouso.

O que para as crianças parecia um passeio era, na verdade, uma tentativa de fugir do aperto mais grave enquanto se economizava alguns recursos. A estada na ilha passou dos seis meses. Humilde povoado de pescadores com suas casinhas de palha, Morros da Mariana ficava entre montes altos de areia, muitos coqueiros e um braço de rio em constante comunicação com o mar, através das marés. Nada havia na ilha que lembrasse a civilização, a não ser uma escolinha de primeiras letras, edificada com troncos de madeira e chão de areia solta. No mais, um engenho rústico de cana cultivada na própria ilha, movido a bois, e o comércio escasso e rudimentar.

Diante da vastidão que tinha à frente, um verdadeiro quintal do mundo, Cassiano viveu possivelmente o período mais ocioso da sua infância.

Se, por um lado, a vida se apresentava *in natura*, cheia de encantamento virgem, com a natureza vibrando no sol, no vento, nas águas e matas, por outro, Cassiano, aproveitando dessa pureza livre, sem dono, abusava da liberdade que a vida lhe concedia, varando os dias sem nenhum compromisso. Os livros ficaram esquecidos, a escola pobre do lugarejo não foi sequer visitada, e a família só se juntava nos momentos das breves refeições.

Cassiano perambulava o dia inteiro pelo arraial, em visitas à região dos coqueiros, ao engenho, às plantações de cana, ao rio. Liderava os meninos nativos e, com eles, aproveitava a hora da maré para os mergulhos no rio estreito. Usando os bancos de areia para ganhar impulso, os moleques subiam no seu topo e de lá rolavam até caírem na água. Ficavam horas nesse divertimento, sob o sol quente que tostava a pele. Na sua liberdade selvagem, Cassiano metia-se nas canoas de pescadores e acabava saindo para as pescarias. Em outros momentos, envolvia-se com os trabalhadores da cana que partiam para o canavial. Com o mesmo jeito destemido, atravessava o rio a nado, acompanhando os homens que buscavam encontrar palmito na outra margem. Ouvia as conversas dos pescadores rudes enquanto mexiam nas redes ou consertavam algum estrago nas canoas. Entrava em casa apenas para se alimentar e dormir.

Dona Anita temia esmorecer, acuada pelas graves dificuldades financeiras e demais problemas, somados às preocupações com relação ao destino dos filhos, principalmente o de Cassiano. Solitária e com as forças diminuídas pelos desenganos da vida, afrouxara a vigilância sobre o filho indisciplinado. Com isso, Cassiano entregou-se de vez à vadiagem, como se quisesse sair dos Morros da Mariana com diploma na mão, doutor em travessuras.

UMA TARDE DE IRA

De volta a Parnaíba, Cassiano se mostrou mais abusado. Os meses passados nos Morros da Mariana aumentaram-lhe o repertório de indisciplinas, e seu comportamento passou a ser insultuoso. Para desgosto de Dona Anita, Cassiano tornou-se atrevido, e, quando contrariado nos seus desejos, colérico, investia com um vocabulário de palavras inconvenientes contra pessoas e coisas.

Retomou sua rotina nos lugares que frequentava, convivendo com meninos de toda parte, desocupados, alguns já rapazes maiores de idade, sem escolher as amizades. Distraía-se armando arapucas nas moitas próximas ou pendurando alçapões traiçoeiros nos paus das cercas.

Seu passatempo predileto, porém, era empinar papagaios de papel colorido, brincadeira que lhe rendia, às vezes, alguns inimigos. Era costume passar, na linha ou cordão, ligados ao papagaio, uma mistura de cola caseira com vidro moído. Os moleques maiores, mais habilidosos, faziam seu papagaio aproximar-se de outros e, roçando-se as linhas, a que estivesse sem proteção era cortada, arrojando o brinquedo para o chão. Os desentendimentos e confusões eram frequentes. Cassiano, que já precisara de amigos para livrá-lo das brigas, vivia nesse meio, de forma desleixada e imprevisível.

As aventuras com que se divertia, embora ingênuas, não satisfaziam tão somente às suas necessidades de lazer infantil, trazendo alegria, prazer, uma forma feliz de passar as horas, mas redundavam sempre em algum tipo de prejuízo a alguém, aos bichos, à natureza, a ele próprio.

Havia, em Parnaíba, uma Escola de Aprendizes Marinheiros, conhecida de Cassiano e que lhe causava verdadeiro terror. Dizia-se que lá eram praticadas torturas nos internos. Outros tantos boatos circulavam na cidade, fazendo aumentar cada vez mais o medo de Cassiano, principalmente quando alguma circunstância exigia que passasse nas proximidades da Escola.

Uma tarde, tendo feito um papagaio de duas cores com todo o capricho, foi ao quintal, colocou-o no chão para secar ao sol e voltou para dentro de casa. Ao retornar, ainda chegou a ver o pato cinzento que saía de cima do brinquedo, depois de ter sujado o papel de seda.

Parnaíba talvez não tenha jamais visto tamanha demonstração de ira de uma de suas crianças. Cassiano, ao constatar a destruição do seu divertimento daquela tarde, ficou possesso. Muniu-se de pau e pedras e saiu atrás do pato. Cuspindo palavrões, corria e tentava acuá-lo para descarregar nele a sua ira, mas a ave saltava, grasnava e escapava. Cassiano, sempre xingando, não desistia da vingança, e partia para cima do pato, tropeçando em outras aves alvoroçadas. Vários bichos que nada tinham com o caso acabaram levando safanões, até que, esgotado, Cassiano sentou-se no chão e chorou a perda total do seu brinquedo.

Dona Anita não estava em casa, mas ficou sabendo da crise intempestiva do filho. Dois ou três dias depois, Muriel, um velho desajeitado que fazia mandados na vizinhança para ganhar uns trocados, chegou com o cesto de mercadorias que Dona Anita lhe pedira, entrou na cozinha, seguido por Cassiano. Colocou o cesto sobre a mesa, e, quando Dona Anita pegava um lápis para somar as despesas, o velho Muriel tirou do bolso uma carta e entregou-lhe, comunicando:

— Sinhá Dona Anita, esta carta quem me deu foi um marinheiro, no mercado, por ordem do Comandante Genésio, para a sinhá.

Cassiano mudou de fisionomia, preocupado. Ele sabia que o Comandante Genésio era a principal autoridade da Escola de Aprendizes. O que ele queria?

Dona Anita abriu o envelope e, com voz alta e carregada, leu:

– *Exma. Sra. Dona Anita. Passando, numa destas tardes, em frente a sua casa, vi o seu filho Cassiano correndo no quintal atrás de um pato, dizendo palavrões em voz alta. Não sendo a primeira vez que isso acontece, previno a senhora que, caso venha a se repetir, mandarei um marinheiro pegar o seu filho e recolhê-lo para a Escola de Aprendizes, onde sentará praça e será castigado como merece. Assinado: Genésio Sampaio Pires, Capitão do porto.*

Finda a leitura, Dona Anita expunha no rosto um ar desolado. Pendeu a cabeça para trás, mordendo os lábios. Cassiano percebeu a gravidade da situação, olhou para a mãe, como se pedisse socorro, mas não conseguiu articular uma palavra sequer.

A cartinha operou milagres. Nas semanas seguintes, o diabrete portou-se como um candidato a anjo. Dava gosto ver sua moderação e obediência. Evitou as palavras vulgares, afastou-se das ruas, permanecendo mais em casa, e, num grande esforço, ficou longe dos papagaios.

Só muito tempo depois é que Cassiano, já homem, teve oportunidade de perguntar à mãe sobre aquela carta. Dona Anita, carinhosa, disse-lhe: – "Como era tolo, meu filho! Então, não viu que a letra era minha?..."

PREOCUPAÇÃO COM O FUTURO

Chateada com o desenvolvimento do filho, Dona Anita não via com bons olhos o seu futuro, acreditando que iniciá-lo no trabalho seria a melhor opção para resguardá-lo do pior. Havia duas alfaiatarias na cidade, cujos donos eram prósperos e respeitados. A alguns metros de sua casa, o Sr. Leoni empregava vários meninos, ensinando o ofício de alfaiate. Conversou com ele e, no mesmo dia, deixou o filho sob seus cuidados e orientação profissional. Cassiano, então, deixou a escola para dedicar-se ao primeiro ofício.

Assim como as mães dos outros meninos, todos pobres e problemáticos, Dona Anita o colocara na alfaiataria para tirá-lo das ruas. Mesmo ausente da escola, ela achava que o filho estaria mais seguro permanecendo o dia todo no emprego, sem tempo para pensar na vadiagem.

Esperto, num curto período de aprendizado, Cassiano chuleava, com perfeição, paletós e calças, pregava botões, fazia as casas, passava a ferro as roupas de casimira e até saía para entregas no domicílio dos clientes.

Certo dia em que fora entregar uma encomenda, recebeu uma gorjeta polpuda. A partir daí, pretendeu exclusivismo nessa tarefa, oferecendo-se para sair sempre que algum serviço mais importante ficasse pronto. Entretanto, nas vezes seguintes, o fato não mais se repetiu, e ele achou melhor permanecer na oficina, entendendo que aquela gratificação fora algo extraordinário, de pura sorte.

Ao iniciar sua atividade na alfaiataria, Cassiano levou consigo uma caixinha de madeira artesanal que ganhara da mãe e que usava para guardar as linhas, agulhas e o dedal. Vizinha ao judeu Leoni, existia uma venda onde Cassiano gastava os tostões que a mãe lhe dava, quando tinha, para comer alguma coisa entre o almoço e o jantar. Podia, assim, de vez em quando, experimentar umas cocadas deliciosas feitas com rapadura, que aguçavam demais o seu paladar, principalmente quando estavam quentes. Não demorou, vendeu a caixinha especial de costura e empanturrou-se de cocadas. Depois, vendeu também o dedal e degustou mais uma das cocadas tentadoras.

Senhor Leoni, judeu metódico, bom e calado, revezava, com frequência, os molecotes aprendizes nas diversas tarefas da alfaiataria. Fazia-os aprender as várias etapas do serviço, a partir das coisas mais simples. Somente os oficiais e meio-oficiais tinham funções específicas e de maior responsabilidade.

Uma das etapas finais dos serviços era a de passar as roupas prontas com o ferro a carvão. Para isso, eram precisos os sopradores do ferro, que mantinham o carvão aceso. Essa tarefa fazia-se fora, junto ao fogareiro na calçada. Cassiano, inúmeras vezes, foi destacado para essa função.

O trabalho modesto de entregador de roupas na rua ou abanador de fogareiro na porta de uma alfaiataria provavelmente incomodou os tios de Cassiano, por parte de pai, que eram prósperos, e alguns, mesmo, donos de pequena fortuna. Essa situação do sobrinho poderia significar, ao entendimento dos outros, um descuido dos parentes. Daí deve ter surgido a ideia de dar-lhe uma oportunidade no comércio.

Reuniram-se alguns familiares com Dona Anita e ficou acertado que Cassiano voltaria às aulas, desta vez no Externato São José. Pela manhã, a escola, depois dela, o balcão, na casa comercial do tio Armindo. Estudo e trabalho eram imprescindíveis para ocupar todas as suas horas, de modo a impedir a escalada da vadiação. Dessa forma, com dois ou três meses, Cassiano encerrava compulsoriamente o curso de aprendiz de alfaiate e iniciava outra atividade, agora no comércio.

EM MEIO À CORRENTEZA

A rotina traçada pelos familiares de Cassiano não durou muito. As aulas no Externato São José, antes muito frequentadas, começaram a sofrer um abalo significativo. Certas manias e o temperamento imprevisível do excêntrico orientador da escola, o Prof. José Pontes, foram aos poucos tornando irregulares os costumes no estabelecimento.

Ex-seminarista, José Pontes vivia sob as expensas da irmã e do cunhado e, socialmente, não tinha relações. Individualidade esquisita, mudava de humor inesperadamente. Alterava de repente o curso de uma aula, castigando a classe, motivado apenas pelo riso de um aluno. Esse mesmo riso, noutra ocasião, fazia-o relaxar e contar histórias amistosas, que provocavam doce algazarra nos meninos. Dependendo do seu estado emocional, a algazarra, aceita naturalmente ontem, era razão para severas punições hoje.

Os pais, à medida que conheciam tais fatos, retiravam seus filhos e procuravam outros mestres. O mesmo fez Dona Anita, que o instalou, desta vez, no Colégio Saraiva, que tinha horário diferenciado.

Por causa desse horário, Cassiano, saindo da escola, seguia direto para casa, sem se dirigir ao balcão comercial do tio Armindo, como ficara combinado. Em casa, sentindo-se livre, ocupava-se com os papagaios de papel e as armadilhas para surpreender pássaros ingênuos.

Duas tias de Cassiano, irmãs de Dona Anita que com ela moravam, haviam recebido total licença para castigá-lo sempre que achassem necessário, e o faziam sem reservas. Sua conduta em casa extrapolava os limites da paciência de Dona Anita, que já esgotara os recursos da palavra, dando conselhos e orientações. Com o tempo, passou a criar algumas técnicas para evitar que Cassiano fugisse dos corretivos. Chamava-o no quarto para ajudá-la a pegar uma caixa ou arrastar um móvel. Com ele dentro, fechava a porta, e substituía a conversa pela força das cordas zunindo nas pernas nuas do filho. E como gritasse escandalosamente, amarrava-lhe na boca uma toalha, que, todavia, não impedia que seus gritos chegassem a toda a vizinhança. Os vizinhos, conhecendo o perfil de Cassiano e já acostumados aos episódios quase diários, sabiam compreender Dona Anita e não a condenavam por isso.

Talvez não se conhecesse, em toda a cidade de

Parnaiba, menino que apanhasse tanto quanto aquele. Contudo, restava saber se as surras influiriam positivamente no seu caráter.

Não demorou muito, e Cassiano saiu do Colégio Saraiva. Rebelde, retomou com maior intensidade a vida ociosa que tanta preocupação causava a seus familiares. Ele parecia não se adaptar ao regime das escolas e reagia sempre ao se sentir preso pelas suas normas e convenções. Aos doze anos, já tomara gosto pelos livros, não os da escola, mas aqueles que entusiasmavam a sua sensibilidade: *Coração*, de Edmundo D'Amicis, o romance que fazia as pessoas chorarem, a *História Bíblica*, que versava sobre os patriarcas da Mesopotâmia, e os versos populares de Juvenal Galeno, que Cassiano gostava de recitar, trepado nos galhos recém-formados de um cajueiro que plantara no quintal, anos antes.

Apreciava o ar livre e, quando estava de bem consigo mesmo, colaborava quase espontaneamente em alguns serviços que o ligavam à natureza, puxando água do poço, regando as plantas da casa, carpindo o mato daninho. Mas logo desaparecia. Atraído para o rio, na outra ponta da cidade, lá se juntava a outros moleques, que iam como ele gozar a delícia das águas e disputar, em torneios infantis, quem permanecia mais tempo submerso ou quem chegava primeiro a tal ponto do Porto Salgado.

Naquele dia, chegando ao Porto, Cassiano tirou a roupa, escondeu-a num desvão qualquer e mergulhou no Parnaíba, já cheio de moleques de todas as idades. No inverno, estação das cheias, o rio se espraia em frente à cidade, com cerca de duzentos metros, de margem a margem. É muita água rolando ligeira em direção ao mar.

Cassiano nadava despreocupado, fazendo algazarra com os meninos, quando passou junto a si uma canoa em direção da outra margem. Instintivamente, agarrou-se à borda da embarcação e deixou-se conduzir, prazerosamente. Já do outro lado, esticou o olhar pela imensidão da água e imaginou voltar a nado. Começou a nadar, impetuoso, e, algumas dezenas de metros adentro, deu com o canal no meio do rio, onde a profundidade e o volume maior de água propiciam uma correnteza forte. Cassiano sentiu que as braçadas vigorosas não eram suficientes para avançar como pretendia. Assustado, traçou visualmente uma linha reta e nadou para onde queria chegar. As águas, porém, arrastavam-no perpendicularmente, rio abaixo. No meio do canal, boiando em velocidade, gritou, pedindo socorro. Sacudia as mãos desordenadamente, mas subia e desaparecia ao sabor das ondulações. Passou entre duas barcas de ferro ancoradas no meio do rio e sumiu na corredeira.

E, quando tudo parecia perdido, por uma dessas coisas aparentemente inexplicáveis, Cassiano foi atirado, como um graveto, a um remanso, onde permaneceu misturado à lama da margem, até que recuperasse a respiração e saísse do estado de choque em que se encontrava.

NOVA OPORTUNIDADE

As apreensões que o filho causava eram apenas parte dos martírios de Dona Anita. Preocupava-a bastante a penúria enfrentada pelas seis pessoas da casa. Ela, os três filhos, mais as duas irmãs, uma delas sempre adoentada, sofrendo de uma fraqueza incontornável. Os poucos recursos para a sobrevivência eram arduamente conseguidos por aquelas mulheres à custa de penosos trabalhos de costura, na máquina ou nas mãos, que se estendiam até altas horas da noite. A irmã mais velha de Cassiano, filha do primeiro casamento de Eliaquim, era a mais dinâmica de todas. Saudável e sempre disposta, vivia criando alternativas para aumentar os ganhos da casa. Com grande esforço, reuniu economias, comprou um jumentinho, que entregou a um rapazola para que vendesse lenha. O moço cortava lenha nas matas e vendia na cidade, dividindo os lucros com a dona do animal. Com sua dedicação prestimosa e constante, devolvia à mãe postiça o carinho da sua adoção.

O empenho maior, contudo, era de Dona Anita, que arcava com a maior parte das despesas, tendo os filhos para cuidar e educar. Ainda assim, nunca esmoreceu na coordenação das rotinas da casa e jamais perdeu a fé que trazia no coração. Indo pouco à igreja, não deixava, porém, de rezar o terço diariamente, em meditações prolongadas. Depois, fazia os filhos rezarem as orações principais.

Por mais que o recato e o amor-próprio daquela família procurassem disfarçar a situação de precariedade, não foi possível ocultá-la do Tio Armindo, sempre atento às necessidades deste ou daquele parente. Mesmo com uma queda nos negócios, não se furtaria em ajudar a cunhada e os sobrinhos. E, mais uma vez, Tio Armindo propôs a ideia que traria certo conforto às penúrias e preocupações da família: daria emprego definitivo a Cassiano no seu armazém, com ordenado, ocupando-lhe todo o tempo ocioso. Além disso, Cassiano passaria a fazer as refeições por conta do estabelecimento, reduzindo uma boca voraz à mesa de Dona Anita.

Assim se fez. Com doze anos, o novo empregado da casa comercial entrava às sete da manhã e saía às sete da noite, trabalhando em conjunto com o tio e dois primos maiores. O armazém ficava defronte ao Porto Salgado, o mesmo lugar muito conhecido de Cassiano, onde se juntava a um bando de meninos para as farras nas águas do rio.

Pela manhã, juntamente com o primo Carlito, abria o estabelecimento e, com um balde, borrifava água pelo chão, varrendo-o em seguida. Depois, espanava prateleiras, arrumava mercadorias, enchia garrafas de aguardente, limpava a balança e outros objetos até que, às nove horas, punha-se a servir no balcão.

Os fregueses iam chegando, na sua maioria lavradores e roceiros, que, após terem vendido seus produtos na cidade, e antes de voltarem para o outro lado do rio, onde residiam, passavam na venda de Armindo. Cassiano, então, servia a todos o corte de chita, o apetrecho de roça, a camisa e a calça grosseiras, atendendo à pobreza daqueles trabalhadores. Essa freguesia preenchia a manhã. Pela tarde, afora o cálice de aguardente de um ou outro freguês eventual, o tempo ficava mais livre. Cassiano, então, aproveitava a folga colocando um livro ou um jornal velho numa das gavetas do balcão e, simulando arrumar mercadorias miúdas, passava o tempo lendo.

Já pelas quatro, cinco horas, Tio Armindo mandava Cassiano arrumar algumas cadeiras na calçada. Começavam a chegar os palestrantes de todas as tardes, e, na medida da precisão, mais cadeiras eram colocadas à porta. Eram seis, oito, ou mais fregueses a discutirem política e coisas do regime, e tanto falavam, que não demorava para que as gargantas secassem.

Então, invariavelmente, ouvia-se da calçada o grito de Tio Armindo:

– Cassiano, traz aqui um caneco d'água!

O sobrinho interrompia rapidamente a leitura do almanaque ou do pé de página de um jornal e ia para os fundos com um caneco de folha, buscar água num pote de barro.

Minutos depois, novo grito:

– Ó, Cassiano, serve um caneco d'água ao seu Chico Maia!

No calor das discussões, os pedidos se repetiam. A cada um deles, a mesma rotina, a interrupção abrupta da leitura escondida, a gaveta empurrada, a corrida para os fundos e a entrega do caneco nas mãos do palrador sedento, que nem sequer agradecia. E isso a tal ponto que Cassiano começou a achar aquele período de seu trabalho extremamente monótono, só suportável em deferência ao seu tio Armindo.

– Ó, menino, veja outro caneco aqui para o Zé Prudêncio...

A VIZINHANÇA DO PORTO

O armazém do tio Armindo ficava bem em frente ao Porto Salgado, o mais movimentado ancoradouro do Piauí. Do balcão onde trabalhava, Cassiano podia ver toda a extensão do cais, seguido dos armazéns da Alfândega, cheios de estivadores laboriosos carregando sacas pesadas que lhes vergavam as costas largas. Algodão, couros, cera de carnaúba, cereais, e outros artigos produzidos e exportados pelo Estado, eram abraçados com vigor pelos mulatos e caboclos musculosos, seminus, que enchiam ou esvaziavam os vapores fluviais e as barcaças que navegavam o rio Parnaíba.

Além dos trabalhadores de carga e descarga, que faziam um vai e vem atordoante, circulavam na área muitas meninas adolescentes e mulheres de má aparência, além de um grande número de velhotas pobres e malvestidas, que davam ao lugar um aspecto deprimente e inevitavelmente associado à embriaguez e à prostituição.

Findo o expediente do porto, parte dessa população era atraída para o estabelecimento de Tio Armindo. Como toda casa comercial do gênero, aquela vendia de tudo e tinha um balcão exclusivo para servir aguardente. Cassiano atendia a essa clientela, auxiliando um dos primos, e se via a todo o momento frente a frente com homens fortes e suados, bebericando aperitivos servidos no balcão. Pretos luzidios, com os músculos à mostra, engraçavam-se com moças desdentadas e sofredoras, que riam escandalosamente e usavam termos chulos e inconvenientes. Muitos se deitavam na calçada para descansar, fazendo piada dos colegas. Outros, semiembriagados, provocavam os parceiros com chistes grosseiros, que, não raro, causavam reações agressivas que precisavam ser apartadas pelos demais.

Apesar das constantes intervenções de Tio Armindo, condenando os excessos dos mais atrevidos, era praticamente impossível controlá-los todos. E muitos entreveros, cercados de obscenidades e palavrões, acabavam sendo relevados por não trazerem maiores consequências.

Cassiano assistia a tudo aquilo, impregnando-se das vibrações viciadas, e, ingenuamente, aceitava com naturalidade o que o próprio tio e os primos, de certo modo, toleravam com conivência.

O ambiente transpirava bravata, valentia, e o caráter gozador e competitivo se evidenciava tanto no falatório quanto nas ações quase infantis daqueles homens brutos. No meio da animação crescente, aparecia um provocador desafiando para uma *queda de braço*. Outros faziam uma roda em torno, e as competições começavam, em meio de apupos e torcidas.

Os artifícios da malandragem iam impressionando o espírito aberto e desprevenido de Cassiano. E, apesar dos olhares de reprovação dos proprietários da casa, o menino atrevido, a cada cálice servido, desafiava os fregueses para uma partida. Os homens entravam na brincadeira, davam lambuja e riam da facilidade em derrotá-lo.

Cassiano ia, assim, acumulando na alma infantil a sujeira que extraía involuntariamente dos relacionamentos miseráveis que presenciava, embora guardasse ainda no coração os valores aprendidos com a família, e que lhe seriam indispensáveis mais tarde para a sua redenção.

FORTES INFLUÊNCIAS DO MEIO

Todas as manhãs, depois de aberto o armazém e feitos os serviços de limpeza e arrumação necessários, Cassiano tinha a permissão para sair e fazer as compras do dia para a mãe, Dona Anita. Com o dinheiro sempre curto, era preciso ir diariamente ao mercado público e adquirir o que era possível para o consumo da família.

O mercado de Parnaíba era um grande quadrilátero, com várias entradas de cada lado, muito frequentado, em cujo pátio interno expunha-se, para venda, a carne, o peixe, os cereais, verduras e outros alimentos. Do lado externo, debaixo das inúmeras árvores de uma praça, via-se uma fileira grande de tabuleiros, onde se misturavam doces, salgados, fumo, aguardente e quinquilharias, vendidos a gente pobre e faminta. A precariedade e a mistura do comércio se coadunavam com a promiscuidade dos frequentadores do local, muitos deles, desocupados que viviam de pequenos delitos e faziam da praça palco de vícios e exibicionismo deprimente.

Era inevitável que Cassiano, indo ali todos os dias, não sofresse a influência negativa que impregnava o ambiente. Com o tempo, passou a reconhecer, em algumas figuras, os espertalhões e malandros que mais se impunham naquele antro e que, de certo modo, impressionavam-no.

Mas nada o atraía tanto para aquele lugar como os espetáculos deploráveis que aconteciam ali nas manhãs de domingo. Nesse dia, com o mercado público fechado, vinha para a praça gente de todas as partes, dos bairros e regiões pobres, e o local se enchia de trabalhadores do porto, lavradores e vaqueiros ignorantes, que se misturavam a desordeiros e bandidos com intenções perturbadoras.

A praça era tomada de espectadores acostumados a assistir aos embates dos valentões que circulavam por ali durante a semana, criando caso e marcando confrontos para o domingo.

Logo cedo, os brigões começavam a aparecer, abeirando-se das barracas do comércio improvisado no contorno da praça, e, enquanto bebericavam aguardente, iam estudando as características dos eventuais oponentes. Aos poucos, a chusma de curiosos enchia um determinado ponto, formando um círculo irregular a princípio, mas que se fechava devagar com as pessoas achegando-se umas às outras, rindo à toa, tontas de ansiedade.

Num certo momento, um mulato qualquer entrava no centro da roda, observando a plateia e exibindo seus dotes de agilidade e destreza com pulos e saltos. Calça de pano barato terminando nas canelas, camisa solta do mesmo tecido, cobrindo a cintura por fora, pés descalços afundando na areia do chão, o sujeito procurava infundir medo nos assistentes ingênuos, segurando um cacete de madeira preso ao braço por uma tira de couro. Cheirando a álcool, gritava:

– Estou pronto. Tem homem aqui? Pode vir...

Num salto ligeiro, um caboclo mal-encarado se postava na frente do desafiante. Aí começava um autêntico ritual exibicionista de músculos e manhas. Caminhando e sacudindo os corpos, girando o cacete no pulso, cada um tentava impressionar o outro com caretas e grunhidos, que lembravam bem os preâmbulos de duas feras prontas a se atracarem. A briga começava, os primeiros golpes riscavam o ar, arrancando urros de aplauso ou desprezo da torcida imbecilizada. Até que a primeira pancada acertava em cheio um dos lutadores, o sangue escorria. Imediatamente, as mãos do atingido procuravam, no cós da calça, a faca escondida. O adversário fazia o mesmo, e o confronto ganhava excitação com as novas armas. O círculo se abria, as pessoas se movimentavam em alta expectativa. No empurra-empurra para se posicionar melhor, muitos não viam quando o golpe fatal era desferido e um dos homens caía de borco na areia.

Um destacamento policial de dois homens chegava ao local e, fazendo-se de apressado, corria no encalço do assassino, que fugia com folga e jamais era alcançado.

Baixado o nível de excitação, os assistentes se dispersavam, comentando em gritaria os lances mais espetaculares. Nas barbas das autoridades frágeis e omissas, o triste evento de barbárie se repetiria na semana seguinte, com a mesma plateia sedenta de emoções doentias.

Cassiano participava das horrendas reuniões. Ao final, afastando-se do ajuntamento, ia ouvindo as opiniões contraditórias sobre a atuação dos lutadores. Só, então, tomava o caminho de casa.

Com a praça quase vazia, algumas pessoas se aproximavam e acendiam uma vela piedosa junto ao morto. Depois, era só recolher o corpo.

A FACA DE UM PALMO DE FOLHA

As aulas de malandragem que Cassiano vinha tomando nos últimos tempos não eram nada recomendáveis. As coisas que ouvia e as cenas que testemunhava no seu dia a dia, pesadas para um adolescente, em nada contribuíam para a formação do seu caráter.

Além do contato involuntário e pernicioso, que mantinha com gente desclassificada no armazém do Tio Armindo, e das lamentáveis *festas* de domingo na praça do mercado, que chocavam pelas manifestações brutais da ignorância, Cassiano tinha ainda outras amizades que bem poderiam ser evitadas, não fosse a sua curiosa propensão para escolher os caminhos que realçassem o seu destemor diante dos desafios.

Próximo a sua casa, morava uma honesta família cearense que vivia humildemente, embora com relativo conforto. O chefe da casa era sapateiro, como o filho, que se chamava Catulo Porto, e que era o mais assíduo e solícito dos amigos de Cassiano.

Esse Catulo Porto tinha qualidades de bom moço, no entanto, como quase todo jovem vaidoso e voluntarioso, gostava de se impor sobre os outros, geralmente pela força. Mais velho que Cassiano vários anos e sabendo da admiração do menino por ele, tratava-o bem e fazia-se passar, às vezes, como seu conselheiro.

As influências corruptoras que se abatiam sobre Cassiano naquele período da sua vida, todas ilustrando o mundo da força, da valentia, da coragem, como sendo naturais, passaram a preencher o imaginário do seu espírito e a fazer parte das suas aspirações de adolescente.

Sabendo das ações de Catulo Porto e de outros rapazolas destemidos, o filho de Dona Anita se via como sendo um deles. Porém, enquanto não se sentisse suficientemente encorajado para *enfrentar desafetos*, testando seus dotes pessoais, fiava-se na proteção dos maiores com quem mantinha amizade.

Para Dona Anita, Cassiano justificava a amizade com o afamado Catulo Porto realçando as suas qualidades de bom filho, bom irmão e trabalhador na oficina de sapataria. Enquanto a mãe aceitava as boas justificativas de Cassiano, este ia se adestrando nas qualidades mundanas e perigosas do amigo.

O lado bom de Catulo Porto, algumas vezes, aconselhava Cassiano a não segui-lo nem querer imitá-lo. Exortava-o a entrar no caminho do bem, mas, contando as próprias aventuras, acabava causando o efeito contrário no pequeno amigo, aumentando-lhe a admiração e o desejo de ser como ele.

Um dia, percebendo o real interesse de Cassiano em correr riscos, Catulo Porto disse:

– Você precisa ter uma faca. Sem ela, não se é homem.

Cassiano deu um jeito, e, alguns dias depois, exibia a arma ao amigo, da maneira que fora solicitada: aço bom, reluzente, um palmo de folha.

– Parece até melhor que a minha – disse Catulo Porto. – Vou afiá-la como uma navalha e fazer uma bainha de couro pra ela. Vai ficar uma beleza.

Cassiano sentiu um estranho orgulho quando o amigo olhou para ele e garantiu:

– Agora, sim, você vai poder andar com a gente. Precisa aprender a brigar de faca.

E passou, sem consulta, a explicar como esconder a arma no cós da calça sem despertar suspeita, como se aproximar do inimigo e fazer a abordagem.

Na hora do embate, com a faca atrás da munheca, que parte do corpo atingir primeiro, e outras instruções tão tolas quanto perigosas.

Com empolgação, o mestre irresponsável ia ensinando as tristes lições ao aluno infeliz. Aos doze anos, Cassiano possuía a sua faca e imaginava a fama e a glória que obteria impondo-se sobre os desafetos, ganhando o respeito de todos, principalmente das mocinhas dos bairros pobres, que, na certa, aplaudiriam os seus atos de bravura e heroísmo.

A CONFISSÃO

O coração de Cassiano era solo fértil que poderia receber qualquer tipo de semente, a boa ou a má. Seu espírito ansioso de vida e liberdade vinha, até ali, sendo assediado por influências pouco construtivas, fruto, em boa parte, das condições precárias do meio e do tempo e da ausência do principal elemento formador do caráter do ser humano: a educação. Salvo raras exceções, sendo a principal sua mãe, as pessoas que o cercavam, simplórias e rústicas, contribuíam muito pouco para despertar o mundo precioso e adormecido que represava no peito. Tímido, impulsivo e destemido, mas inteligente e, ao mesmo tempo, sensível, aquele menino talvez já soubesse, intuitivamente, que tudo o que pudesse vir a ser ou a conseguir na vida seria por conta de seu próprio esforço e vontade.

Dona Anita acompanhava-o com energia e ternura, passando-lhe valores que compreendia como justos e éticos, mas, com tantos afazeres e preocupações a preencherem os seus dias, não conseguia fazê-lo desvencilhar-se das muitas armadilhas a que estavam sujeitos os meninos pobres daquelas regiões esquecidas.

Conquanto tentasse, com a ajuda de alguns parentes próximos, adequá-lo aos padrões convencionais de comportamento aceitos naquela sociedade provinciana, era difícil para ela aceitar que Cassiano, da forma como se desenvolvia, não fosse se meter em complicações graves, mais dia menos dia.

Como naquela noite quente de verão, quando Cassiano chegou em casa, vindo do armazém, por volta das vinte horas. Nada fazia supor, na sua fisionomia, que ele guardasse um terrível segredo.

Dona Anita recebia visitas, e estavam todas sentadas em cadeiras colocadas do lado de fora, na rua semiescura e sossegada. Cassiano tomou-lhe a bênção e sentou-se ao seu lado, numa pedra da calçada. Com olhos dissimulados observando a pose humilde da mãezinha, tomou-se de horror e remorso, enquanto o coração apertado acusava um sentimento de compaixão em relação àquela mulher sofrida.

Cassiano não tinha alternativa senão contar à mãe o que havia acontecido naquela tarde. Mas como? Qual seria a sua reação? Sabia que, depois de falar, as coisas talvez não voltassem a ser como antes. Sentia-se envergonhado ao reconhecer que traíra a confiança da mãe, do tio e dos primos.

Descoberto um procedimento censurável do sobrinho no armazém, tio Armindo o dispensara, sem escândalo e sem uma palavra de admoestação. Com essa atitude serena, tio Armindo jogara sobre seus ombros toda a responsabilidade da falta, o que só fazia aumentar, no seu coração, o peso do arrependimento.

Aproveitando um momento em que as visitas falavam alto e riam ao mesmo tempo, Cassiano disse à mãe que precisava lhe falar, levantou-se e entrou. Dona Anita saiu em seguida e encontrou-o recostado no batente da porta da cozinha, com o rosto preocupado, num meio-riso sem graça. Conhecia o filho, por isso preparou o espírito. Passou o seu braço sobre o ombro de Cassiano, e saíram juntos para o quintal dos fundos.

Apesar da pouca claridade da noite, Dona Anita podia perceber, andando abraçada ao filho, que seus lábios trêmulos preparavam algo para dizer. Não demorou muito e Cassiano contou-lhe, chorando, o que se passara no armazém do tio Armindo. Haviam desconfiado do seu procedimento no caixa da casa comercial e tentaram aplicar-lhe um flagrante, mas nada descobriram. Narrava-lhe o acontecido de modo a isentar-se de culpa, sem referir-se a eventuais antecedentes. "Um episódio não confirmado seria motivo para Armindo reagir assim?" – pensou Dona Anita, enquanto andava ao lado do filho, refazendo várias vezes o mesmo caminho no grande quintal.

Cassiano estava certo de que, naquela noite mesmo, levaria uma daquelas surras enérgicas, como as aplicadas pela mãe em faltas bem menos graves. Só que, dessa vez, não se importaria em aceitar o castigo merecido. Sem falar nada, Dona Anita percebeu de imediato, após o relato truncado e reticente do filho, que ele precisava de ajuda e compreensão. Tendo ou não cometido a falta grave de que suspeitavam os parentes, Cassiano era apenas uma criança. E, pelo desassombro da confissão, que imputava a si próprio uma culpa, via-se ela, como mãe, na obrigação de não deixá-lo desamparado. E foi o que fez, embora tendo levado o mais duro golpe que o seu coração jamais experimentara.

Após alguns instantes, vendo o sofrimento calado da mãe e sua inesperada tranquilidade, Cassiano foi acrescentando novos detalhes à sua confissão. Depois de concluir, sentiu que os braços maternos o envolviam ainda mais fortemente e percebeu que ela chorava.

Continuaram andando em silêncio, ainda abraçados. Ao fim de alguns minutos, com os olhos cheios d'água, ela parou e disse ao filho, como se estivesse firmando um pacto:

– Não comente sobre isso com ninguém... Entendeu?

– Sim, senhora.

De volta à rua, Dona Anita retomou a conversa com as visitas, falando alto e rindo muito, nervosamente. Após terem elas ido embora, recolheu-se em silêncio com o filho, para dormir.

Do seu quarto, Cassiano podia ver, pela porta aberta, o vulto da mãe sentada na rede, mexendo o terço. Seus lábios sopravam uma reza que, provavelmente, atravessou as horas amargas daquela madrugada.

RECAÍDA

As revelações feitas por Cassiano à mãe naquela noite dolorosa mexeram profundamente com ambos. Ele jamais seria o mesmo, agora que notava em si as marcas profundas da sua primeira dor consciente. E Dona Anita, mulher forte e destemida, reconheceu que cabia a ela e a mais ninguém, naquele momento, defender o filho do julgamento alheio, preservando a sua integridade moral adolescente. Não ignorava a gravidade do fato, mas o amor de mãe exigia que tentasse coibir o mais possível a sua exposição.

Com esse propósito, levou os dias seguintes pensando, tentando achar argumentos que justificassem a saída de Cassiano do emprego e a sua permanência em casa, num momento tão difícil pelo qual passava a família, em que a contribuição de cada um, por menor que fosse, era extremamente importante.

Certa manhã, Dona Anita chamou o filho e lhe entregou um envelope com uma incumbência:

– Cassiano, atravesse o rio e leve esta carta ao compadre Vergílio. Espere que ele leia e traga a resposta.

Diante da curiosidade esboçada pelo filho, completou, com ar triste e decidido:

– Quero saber dele se tem ainda interesse em comprar a nossa casa. Se disser que sim, iremos de volta para Miritiba.

Cassiano partiu. Entregou a carta a Seu Vergílio, homem de fortuna, que leu o papel e, no próprio verso, rabiscou uma razão qualquer para não aceitar a proposta.

Dona Anita teve que se conformar com a vida em Parnaíba, tolerando os olhares, comentários e a voz uníssona que circulou na comunidade quanto ao futuro imprevisível daquele menino rebelde.

Sabendo que fora longe demais com o seu desvio, e sem nenhuma perspectiva de qualquer ocupação imediata, Cassiano encontrou em casa uma forma de suavizar os desgostos da mãe e, ao mesmo tempo, colaborar com as despesas da família. Além do que, queria retribuir a dedicação da mãe, que ficou ao seu lado no momento delicado, e para isso, pretendia dar uma demonstração prática da sua gratidão.

Dona Anita se dedicava, havia algum tempo, com as outras mulheres da casa, a fabricar meias numa velha máquina. Numa segunda-feira, após o café da manhã, e de retorno das compras no mercado público, Cassiano sentou-se à mesinha da oficina improvisada e trabalhou durante todo o dia em conjunto com a mãe. E, assim, no dia seguinte e nos outros. Empenhava-se com entusiasmo, feliz por estar dando uma resposta positiva à mãe devotada, mas não deixava de desejar ardentemente que a noitinha chegasse, ocasião em que Dona Anita, transigente, permitia-lhe sair para se distrair nas proximidades de casa.

A princípio, seguindo uma espécie de acordo tácito com a mãe, Cassiano se limitava a contatos com os amigos da vizinhança. Aos poucos, no entanto, conforme as oportunidades iam surgindo, rompia o círculo próximo, estabelecendo outras relações. Voltou a procurar Catulo Porto, de quem admirava as aventuras, e que morava na mesma rua.

Certa noite, enquanto conversava com o amigo, apareceram alguns rapazes convidando Catulo para um banho no rio. Cassiano se ofereceu para ir junto, mas alguns dos moços, entre eles Catulo Porto, desaconselharam. Todos tinham bem mais idade e viam a companhia de Cassiano como uma inconveniência. Mas este insistiu, e foi. O banho era nas águas do Porto Salgado, àquela hora com um vapor atracado no trapiche. Apenas dois ou três lampiões de querosene iluminavam o porto. A escuridão predominava.

Chegando à margem do rio, despiram-se e sentaram-se na areia. Um dos rapazes, tirando um volume da sacola que trazia, desembrulhou uma garrafa de aguardente, tomou um trago no gargalo e passou-a para os outros, que fizeram o mesmo. Dirigindo-se a Cassiano, um dos rapazes perguntou:

– Não quer?

– Por que não? – respondeu o filho de Dona Anita.

Catulo Porto estendeu a mão, tentando evitar que a garrafa chegasse às mãos do menino, mas não conseguiu. Cassiano virou-a e engoliu o líquido ardente. Depois disso, durante a conversa, a garrafa circulou outra vez. Cassiano bebia já o segundo gole, inebriado, quando os moços mergulharam na água, nadando em direção ao navio, que tinha grandes rodas com pás nas laterais e aonde a rapaziada chegou, em algazarra, ali permanecendo.

Cassiano aproximou-se da beira, pronto para o mergulho, quando ouviu os gritos de longe:

– Fique aí, menino! Não venha! Você quer morrer?

Saltou. Nadou na mesma direção, corajoso, concentrando sua atenção nas braçadas, e, quando finalmente chegou junto às rodas enormes, os outros já nadavam de volta. Cassiano agarrou-se a uma das pás e nela se acomodou para descansar. O efeito do álcool, provavelmente associado à intrepidez da aventura naquele ambiente desafiador, causava-lhe um torpor agradável e certa sensação vitoriosa, que o enchiam de prazer.

Passada essa primeira impressão, tomou pé da realidade. Sentiu abaixo de si a velocidade das águas que a maré de vazante fazia rolar para o mar. Estava sozinho, e a autoconfiança que o dominara até aquele momento transformara-se em desespero. Começou a tremer, e uma lassidão nos músculos o fez fechar os olhos e agarrar-se à pá do navio. Passado o forte abatimento, assim que pareceu melhorar pulou na água e nadou com furor para a margem, onde os rapazes já se preparavam para ir socorrê-lo.

Apesar da agonia e do perigo por que passou, Cassiano entendeu que fora aceito pelo grupo e, a partir dessa noite, não perdeu oportunidade de frequentar o rio com aqueles que julgava serem seus amigos.

ENCONTRO COM O FUTURO

Apesar do esforço conjunto da família, no sentido de gerar recursos para a sua manutenção, todos ali conheciam a fragilidade do sistema doméstico, que conseguia prover a necessidade de hoje, mas não garantia a segurança de amanhã.

A fabricação caseira de meias prosseguia, mas em regime precário, em vista da dificuldade das vendas, que impossibilitava investir novos recursos na continuidade do processo de produção.

Para agravar a situação do empreendimento familiar, a irmã mais velha de Cassiano, já moça, casou-se e passou a cuidar de seu lar. Isso enfraqueceu ainda mais a pequena indústria improvisada.

Dona Anita, contudo, não desistia de arranjar uma ocupação fixa para Cassiano, fora de casa, interessada sempre em ocupar plenamente o seu tempo e, se possível, poder contar com algum dinheiro a mais.

Foi quando surgiu uma oportunidade caída do céu. Acabava de ser fundado um pequeno jornal na cidade, aproveitando-se de uma velha tipografia que já servira no passado a muitos periódicos, mais preocupados em dar apoio a candidaturas políticas do que com notícias e informação.

Através do concurso de pessoas conhecidas, Dona Anita conseguiu para o filho a vaga de aprendiz de tipógrafo. Conduzido à oficina, Cassiano ficou entregue à supervisão de Florisval Serpa, que exercia no jornal praticamente todas as funções. Com ele, Cassiano aprendeu as tarefas técnicas do ofício, mostrando-se solícito e grato ao seu instrutor. Pouco tempo depois, recebia o primeiro ordenado, com promessa de reajuste próximo.

O trabalho na tipografia, sob a direção e influência de Florisval Serpa, um homem bom, simples e trabalhador, fez iniciar em Cassiano uma espécie de regeneração íntima, de correção de rumo. Favoreceu isso o fato de estar ocupado o dia todo, religiosamente, com as peças miúdas de chumbo que separava, organizava, utilizando-as na composição dos textos, anúncios e notícias, e que lhe dava grande satisfação.

Tão novo e com uma inteligência peculiar, Cassiano viveu, naqueles dias, momentos de reflexão que lhe enriqueceram a alma. Avaliando sua condição de órfão, o que pareceu ter marcado fundamente a sua infância e adolescência e, talvez, sua vida toda, reconheceu a humildade da sua posição e se predispôs a aceitá-la com paciência e resignação. Pensou na mãe com carinho e compreendeu que, amando-a, poderia recompensá-la pelos prejuízos e sofrimentos que causara desde menino, em boa parte vítima das más companhias com que se afinizara. Importava evitar novas aflições e fazê-la feliz.

Embora a relativa acomodação das coisas trouxesse um pouco de paz a Dona Anita, seu coração não estava seguro do quanto isso duraria. Parnaíba não oferecia perspectivas promissoras para os jovens de famílias abastadas, que detinham recursos, muito menos para os pobres. Por isso, a cada ano, dezenas de rapazes deixavam a cidade em busca dos centros mais desenvolvidos, onde, dizia-se, poderiam ganhar dinheiro e fazer a vida.

Por esse período, Cassiano deu uma demonstração do seu gosto natural pelas letras. Ainda que irregularmente, frequentou inúmeras escolas e aprendeu sempre alguma coisa em cada uma delas. Não gostava da disciplina impositiva do estudo, mas apreciava ler. Um dia, caiu-lhe nas mãos uma tradução de Júlio Verne para a juventude, em dois volumes: *Os Filhos do Capitão Grant*. Leu-os numa tardinha e durante toda a noite, completando a leitura na manhã do dia seguinte. Viveu uma emoção forte, como já acontecera algumas outras vezes, e que apontava ao seu espírito a direção para o mundo dos livros.

Foi por esse tempo que chegou o convite do tio Roosevelt, de São Luís, para que o rapaz fosse para lá, onde poderia, com sua influência e contatos, encaixá-lo no comércio da grande cidade.

Consultada, Dona Anita viu, no encaminhamento do cunhado, uma solução para o impasse que o filho vivia em Parnaíba. Embora observasse o contentamento de Cassiano nas funções novas, e até certa aquietação do seu espírito, era a oportunidade de garantir um rumo seguro para a sua vida. Por isso, acatou de pronto a ideia e, desde logo, iniciou os preparativos para a viagem, costurando-lhe roupas, conseguindo um calçado, um enxoval completo, para o qual aplicou uma economia que mantinha guardada a sete chaves, separando ainda um dinheirinho para as despesas que teria na capital. Coisa que só as mães sabem fazer.

Mais um pouco e chegou o dia em que aquele menino de apenas treze anos, recomendado pelo tio ao comandante do navio, embarcou com destino a São Luís. Deixava a mãe e a casa – portos seguros – para, sozinho, encontrar-se com o seu futuro.

DESEJO DE FICAR E VENCER

Chegando a São Luís, Cassiano hospedou-se na casa assobradada do tio Roosevelt, irmão de seu pai, que lhe prometera ajuda. Era uma bela residência, luxuosa, com móveis bons e ótimas acomodações. O regime da família era bem metódico. O dono da casa ficava o tempo todo fora, cuidando de comércio e política, e só era visto nas refeições principais. Os filhos do casal estudavam na Europa. Duas idosas aparentadas que coabitavam o sobrado viviam no próprio canto, cuidando de suas ocupações, e pouco apareciam. O silêncio e o sossego predominavam, e eram levemente quebrados pelo rumor do movimento que subia da rua, lá embaixo.

Cassiano estranhou o ritmo da casa. Sem ter com quem conversar, passava os dias em seu quarto, lendo velhos jornais e alguns livros que encontrara no aposento. Distraía-se um pouco olhando, pela janela, o casario vizinho e umas pessoas que se moviam num quintal próximo, cuidando de animais ou varrendo o chão de terra.

Raras vezes, sob um pretexto qualquer, descia à porta da rua e ali ficava alguns minutos observando a agitação da praça em frente, com seus bondes puxados a burro, transeuntes indo e vindo, o barulho do comércio. A cidade provocava-o, mas Cassiano não tinha coragem de enfrentá-la. Logo, subia para o seu quarto, que ficava nos fundos da propriedade, esperando que algo novo e bom acontecesse.

Era durante as refeições que Cassiano podia ter algum contato com aquelas pessoas e avaliá-las melhor. Seu tio, sempre expansivo, procurava deixá-lo à vontade, fazendo graça e rindo. Já a tia era o oposto dele, inabordável, falava o estritamente necessário. Das outras senhoras, não havia o que observar.

Certo dia, o chefe da casa não veio para o almoço. A refeição transcorreu quieta e desconfortável para Cassiano, que, embora curioso, não ousou perguntar sobre o porquê da ausência. No dia seguinte, a tia lhe comunicava um recado do marido: "O Roosevelt viajou para o Ceará e deixou uma ordem a seu respeito. Se o Zé Messias não lhe achar emprego até o fim do mês, você volta para Parnaíba".

A notícia transtornou Cassiano. Ir de volta, levando um atestado de fracasso? De que teria adiantado o empenho de Dona Anita, raspando as economias todas no tacho das necessidades para investir nele? Voltar e desfazer o castelo de alegria e esperança que sua mãe havia erguido quando de sua partida? Esses pensamentos, atropelando-se, encheram a cabeça de Cassiano. "Não queria voltar. Não voltaria" – disse a si mesmo.

Planejando um modo de livrar-se daquele vaticínio, Cassiano ensaiou umas escapadas de casa. Sem conhecer nada e ninguém, passou a andar nas regiões próximas da praça movimentada, ampliando, a cada dia, o raio de circulação, até que se aventurou nas ruas principais do bairro comercial.

Com o natural pretexto de ir colher alguma novidade de emprego junto a Zé Messias, o comerciante amigo de seu tio, Cassiano investigava, nas portas e fachadas dos armazéns, depósitos e escritórios comerciais, algo que lhe pudesse sugerir uma oportunidade. Chamou-lhe a atenção as fábricas e as várias casas de comércio ligadas ao ramo têxtil. Esse movimento febricitante de trabalho e produção, num dos maiores centros fabris do Brasil naquele tempo, reforçou, no rapazinho de Miritiba, o desejo de ficar e vencer.

Após muitas caminhadas sem sucesso, colecionando decepções nas idas ao armazém do Zé Messias, de onde voltava desanimado, Cassiano tomou uma decisão açodada e que pareceu ousada demais até para ele próprio. Deixaria a casa do tio e se lançaria na rua, aceitando qualquer proposta que lhe desse o mínimo para viver. Se o tio, influente e reconhecido na cidade, não conseguira encaixá-lo, era certo que voltaria a Parnaíba caso não pusesse em prática o seu plano. O tio não poderia dizer que ele se acomodara.

Na manhã seguinte à sua resolução, num último esforço que justificasse a sua atitude, foi ao Zé Messias, mas inutilmente. Retornando de lá, pela calçada oposta à que normalmente pisava, deparou-se, numa esquina, com a placa: "Vidal, Castelo & Cia. – Tipografia e Encadernação". Sob impulso, entrou e, à primeira pessoa que viu, ofereceu-se como aprendiz de tipógrafo, com alguma experiência. Pediram que fosse ao fundo do prédio. Diante do encarregado da oficina, Cassiano repetiu a solicitação de emprego, adicionando algo mais ao próprio currículo. E, para sua surpresa, o homem mandou que ficasse e começasse imediatamente. Depois se falaria em salário. Dito isto, despejou, no soalho negro de tinta endurecida, uma caixa de tipos de todos os tamanhos e feitios para que o novato os separasse e os agrupasse para reutilização.

Sentado num banquinho, o novato pôs-se a manusear aqueles pedacinhos de chumbo gastos pelo tempo, enquanto observava a tristeza do lugar. Paredes monótonas e sujas, salão escuro, sem ventilação, cheirando a óleo e tinta, e o som oco e pastoso dos prelos encobrindo as raras palavras ditas por um ou outro operário enfadado.

Ao meio-dia, depois de limparem as mãos numa solução líquida que Cassiano havia preparado, os homens pegaram numas latas e começaram a comer, em silêncio, a refeição magra que trouxeram.

Diante dos montes de tipos e caixetas, Cassiano trabalhou até o anoitecer, sem interrupção. Findo o expediente, os operários, mesmo sem se despedirem, ganharam a rua. Cassiano aguardou do lado de fora que os responsáveis pela oficina, últimos a sair, comunicassem-lhe algo. Cerrada a porta, no entanto, os dois deixaram o local sem notar sua presença e dobraram a esquina.

Quando se viu só na calçada, já noite, Cassiano compreendeu a extensão do problema que tinha pela frente. Saíra de casa sem avisar ninguém, não retornou para o almoço e jantar. Caso voltasse agora, temia o rigor da censura que ouviria. Embora a tia jamais o tivesse tratado mal, sabia que as justificativas que usasse para explicar a fuga não venceriam a severidade e a rigidez dos costumes da dona da casa. Avaliando a contrariedade de uma recepção hostil, decidiu ficar pela rua. Mas onde se abrigaria? Cansado, só com o café da manhã no estômago, sem dinheiro, que ficara na mala em casa do tio Roosevelt, pensava encontrar uma solução, quando lhe surgiu à mente a figura de um conterrâneo seu. O moço, de nome Amarildo Melo, havia trabalhado antes dele no armazém do tio Armindo, em Parnaíba. Tendo estudado prática de farmácia, aventurou-se um dia para São Luís, onde se empregou numa pequena loja do ramo.

Naqueles dias em que Cassiano saíra às ruas procurando ocupação, reencontrara Amarildo no fundo de um balcão, pois, tendo se lembrado dele, encostado na porta da tipografia, dirigiu-se imediatamente para lá. Por sorte, a farmácia estava aberta.

Cassiano contou-lhe as dificuldades e pediu-lhe pouso para aquela noite. Para reforçar o pedido, mostrou-lhe o rosto levemente inchado por uma nevralgia, que o atormentava havia algum tempo. Amarildo, sensibilizado, pediu que esperasse, enquanto atendia alguns clientes que aguardavam.

O comércio fecharia às dez horas, e, entre um cliente e outro, o farmacêutico explicou que morava na casa de um irmão, no quarto dos sobrinhos, mas que não o deixaria na rua, que daria um jeito. Fechada a loja, partiram de condução para o bairro onde Amarildo residia. Um trecho do caminho foi feito a pé.

Chegaram. O irmão de Amarildo era dono de uma padaria, que ocupava a frente do imóvel, morando com a família nos fundos. Entraram por uma porta lateral, e o amigo lhe ofereceu um canto entre os balcões de atendimento e o forno a lenha, que ficava logo atrás. Saiu por um momento e, na volta, trouxe cobertas, que estendeu sobre umas tábuas no chão do estabelecimento.

– Lamento não poder arranjar lugar melhor – disse Amarildo.

– Fico por aqui mesmo – respondeu Cassiano, sinceramente agradecido. – Junto do forno, talvez possa melhorar das dores na face.

– Você quer pão?

Cassiano aceitou, entusiasmado, contando ao amigo que sequer tinha almoçado.

– Está de estômago vazio?

Amarildo mostrou no rosto uma profunda comoção e, dirigindo-se a uma das prateleiras, pegou uma lata de sardinhas, abriu-a, recolheu no balcão uns pães e trouxe-os ao amigo. Antes de sair, fez algumas recomendações aos dois funcionários que acabavam de chegar para as tarefas noturnas da padaria.

As emoções do dia agitado e as preocupações com o dia seguinte causaram um grande cansaço em Cassiano, mas a nevralgia o incomodava de tal modo que ele não achava que pudesse dormir. Sentou-se, então, na tábua forrada, alternando as mordidas no pão com as porções de sardinha que pegava com os dedos. Ao final, com as sobras de pão, recolheu o óleo do fundo da lata e deu-se por satisfeito.

Aos poucos, enquanto apreciava o trabalho dos padeiros, foi arriando sobre o colchão duro que lhe coubera naquela noite, até que conseguiu dormir, sentindo o cheiro confortável da farinha e do fermento, que, em forma de pão, acomodaram-se bem no seu estômago faminto.

A TERRINA DE FEIJÃO

Por aproximadamente quinze dias, viveu Cassiano naquele regime irregular. Durante o dia, trabalhava na oficina tipográfica e, à noite, abrigava-se na padaria, onde reforçava a fraca alimentação cotidiana com os pães que a camaradagem dos funcionários oferecia a ele. Vez ou outra, o próprio Amarildo abria-lhe uma lata de conservas como complemento.

Cassiano, pressionado pela necessidade que o deixara muito vulnerável e sem nenhuma coragem para voltar à casa do tio Roosevelt, temia as consequências do seu ato, mas, quando pensava em partir de volta para Parnaíba, de mãos vazias, mantinha-se disposto a enfrentar o que viesse. Não sabia ao certo se os familiares estavam à sua procura. Acreditava que sim.

Certa noite, recebeu de Amarildo uma notícia que o deixou radiante.

– Você não vai acreditar quem chegou de Parnaíba.

– Quem foi?

— O Coronel Seu Armindo.

— O quê?! – exclamou Cassiano, entusiasmado.

Essa informação despertou nele, instantaneamente, um sentimento de alívio, ao pensar no que o tio poderia fazer para aliviar a sua situação. Teria uma nova chance?

— Mas, Amarildo, isso que me diz é inacreditável! Meu tio Armindo vem para São Luís só de longe em longe. Passa anos sem vir para cá. Como explicar essa visita sem tempo?

Na tarde seguinte, Cassiano pediu licença na tipografia e foi encontrar-se com o tio Armindo. Pensando na oportunidade da visita, ia temeroso, prevendo censura por ter abandonado a casa de seu irmão Roosevelt. Mas não. Tio Armindo acolheu-o como a um filho, com palavras mansas, cheias de compreensão e promessa. Era possível até que já soubesse de sua fuga.

Senhor gordo, baixo, pescoço curto, vestindo um terno de casimira, o tio aguardava o sobrinho, e, assim que este chegou, curiosamente com uma das mãos apoiada na bochecha inchada e vermelha, partiram para o endereço onde morava Narcisa, uma sua aparentada.

– Você verá que lhe arrumo um emprego. Se não arranjar, garanto seu sustento e morada – dizendo isso, pôs, em sua mão, um pacotinho com cinco mil-réis em níqueis.

O casarão de vários andares numa esquina privilegiada pertencia ao português Jessé Ramos da Silva, proprietário da Casa Lisboense, ponto comercial bem frequentado que ocupava todo o pavimento térreo.

Pessoa simples e honrada, Jessé Ramos da Silva acolhera Narcisa em sua casa depois que esta tivera uma filha e viera para São Luís. Recolheu, além dela, seu pai, mãe e a criança recém-nascida.

Em verdade, essa Narcisa, figura de quem todos gostavam, era filha natural de um primo de Eliaquim, pai de Cassiano. Mulata simpática, quase bonita, ela encantava pela sua alegria e pelo feitio generoso do seu espírito. Coração humilde e cheio de gratidão, Narcisa se dedicava com sinceridade ao homem que a sustentava e que considerava a família dela como sendo a sua.

Foi nessa casa de gente cordial que tio Armindo apresentou Cassiano, contando sucintamente sua história recente.

A acolhida não poderia ter sido melhor para aquele menino que só conhecera adversidades desde que chegara a São Luís. Assim que observou o rosto inchado de Cassiano, prestativa, Narcisa avisou que providenciaria remédios para tratá-lo e disse que ele ali ficaria até que se restabelecesse. Expediu ordens para que se armasse uma rede no amplo sótão onde moravam os empregados do casarão, e pediu que alguém fosse à casa do tio Roosevelt buscar a mala, que ficara lá desde a sua partida.

Pouco depois da saída do tio Armindo, que acatara com deliciosos sorrisos as decisões quase maternais de Narcisa, Cassiano já recebera roupas novas e se acomodara na rede para descansar, tendo feito bochechos caseiros e fricções quentes no rosto para alívio da nevralgia facial que o incomodava.

Na hora do jantar, desceu para o andar inferior, onde residia a família, e lá conheceu o português Jessé, que o recebeu sem expansividade, mas de modo cordial e simpático.

O menino, que, até a noite passada, havia dormido no beco improvisado junto ao forno de uma padaria, percebeu que estava agora em segurança, entre gente amiga. "Será que sua sorte começava a mudar?" – pensou. E isso se confirmou no seu espírito quando o português, gentilmente, estendeu-lhe a terrina de feijão para que se servisse, enquanto a mulata Narcisa sorria com os dentes enormes e brancos à mostra.

UMA LÁGRIMA

A promessa de tio Armindo foi sincera, e ele procurou cumpri-la, de verdade. Mas, como o comércio de São Luís era quase que totalmente controlado por portugueses, dava-se preferência aos rapazes de descendência lusitana, e mesmo os serviços mais simples eram dificilmente ocupados por brasileiros, que, aliás, não tinham fama de bons trabalhadores.

Na véspera do retorno a Parnaíba, e depois de muito se empenhar junto a comerciantes conhecidos, tio Armindo colocou Cassiano, precariamente, num grande armazém. No passado, esse estabelecimento chegara a enriquecer seu primeiro dono, que voltara a Portugal, mas agora não passava de um depósito de tecidos e outras mercadorias.

Dez dias empregado, e Cassiano não suportou mais. A ociosidade era tanta e tão gritantemente contrastante com seu espírito ativo, que nem mesmo as boas refeições que tomava ali diariamente, e que importavam muito para ele, eram suficientes para mantê-lo resignado. Mesmo com os seus treze anos apenas, compreendeu, de imediato, a inutilidade daquele ambiente estéril para sua formação profissional e pessoal. Decidiu se retirar.

Na noite anterior a essa decisão, saindo do armazém, Cassiano voltava para a casa de Narcisa quando passou em frente ao prédio recém-inaugurado das oficinas do *Jornal da Manhã*. Chamou-lhe a atenção a fachada limpa e iluminada, e o pouco que pôde ver do interior das instalações lhe pareceu organizado e moderno. Entrou, num impulso, e quis falar com o chefe das oficinas.

Apresentou-se um rapaz simpático e solícito:

– Pois não!

– O senhor tem uma vaga para tipógrafo? – Cassiano perguntou.

– Você sabe compor?

– Tenho alguma experiência.

– Se quiser, pode começar agora.

– Prefiro vir amanhã. Resolverei uma questão e estarei aqui à noite.

Foi esse fato que encheu Cassiano de coragem e o fez demitir-se do depósito, mesmo sem o consentimento do tio Armindo, que já se encontrava em Parnaíba, no Piauí.

Mais uma vez, Cassiano se aproximava do ofício que parecia ser uma sina em sua vida. Era como se o destino lhe quisesse dizer algo através dos tipos e prelos, e mostrar que eles tinham relação com o seu gosto íntimo, com a sua vocação, com o seu futuro.

O trabalho no *Jornal da Manhã* aumentou sua experiência com as palavras, textos e leituras. Compondo as matérias dos colaboradores do matutino, travava conhecimento com as ideias que circulavam na época, servindo inocentemente à causa do pensamento, com seu trabalho humilde e suas mãos cheias de tinta. Os céus sabiam a que regiões o levavam.

Os funcionários viravam a madrugada trabalhando para pôr na rua, cedinho, a folha na mão dos leitores. Por isso, às dezenove horas da noite seguinte, Cassiano foi recebido pelo encarregado dos serviços, que lhe mostrou o lugar onde começaria a desempenhar as primeiras tarefas. Assim que estas foram concluídas, o mesmo rapaz apareceu com duas tiras de papel manuscritas e pediu:

– Componha para mim essas duas notícias.

Cassiano estremeceu, sentindo o peso daquela ordem. Aprendera a compor nos pasquins por onde passou, utilizando material de péssima qualidade, em oficinas escuras e mal equipadas, cujos funcionários mal recebiam o que lhes era devido. Tudo muito diferente daquilo que via ali. Olhou em torno e observou a agilidade dos operários no manuseio dos tipos e soube que sua experiência estava longe de poder agradar à chefia.

No entanto, fez o serviço. Pronta a composição, perguntou ao superior onde poria a matéria composta. Indicado o lugar, prendeu o material entre os dedos, suspendeu-o e levava-o para uma tábua ao lado quando o polegar esquerdo se desviou um pouco e tudo desmoronou, parte no chão, parte no seu colo.

Cassiano empalideceu. Decepcionado, achou que perdera sua grande chance. Sem saber o que fazer, olhou para o encarregado dos serviços e teve uma surpresa: o rapaz ria compreensivo. Os demais operários, que assistiram ao desastre, também começaram a rir, mas sem zombaria.

O chefe se adiantou com palavras de consolo e apoio, no que foi seguido por outros colegas: – "Ele está nervoso..." "É assim mesmo..." "Primeiro dia... Comigo também aconteceu..."

Cassiano não ouviu qualquer palavra de repreensão, de desestímulo, mesmo depois da flagrante demonstração da sua inexperiência. Ao contrário, recebeu instruções que o fariam acertar nas próximas vezes. Sentiu que a Providência novamente o fazia acercar-se de pessoas boas. A tocante solidariedade daqueles homens, que conhecia havia apenas algumas horas, fez Cassiano emocionar-se. Um sentimento de gratidão por eles tomou o seu coração. É possível até que, naquela hora, uma lágrima tenha molhado os seus olhos, mas ninguém percebeu...

ÚLTIMA PÁGINA DO SÉCULO

Cassiano se identificava cada dia mais com a função humilde de tipógrafo, que passou a considerar como uma profissão. As exigências do trabalho traziam diariamente conhecimentos novos, que, além de ilustrá-lo, faziam-no sentir-se importante. O pensamento vinha do jornalista, do escritor, mas era ele, com o seu ofício, que espalhava as ideias pelo mundo.

A emoção que nutria o sentimento de Cassiano talvez fosse a mesma sentida, um dia, por Walt Whitman, que se fez poeta sobre uma caixa de composição, ou por Machado de Assis, que sujou as mãos na tinta dos tipos antes de se fazer o romancista renomado.

À noite, Cassiano trabalhava na oficina, dormia pela manhã, e as tardes inteiras sobravam livres. O sótão da Casa Lisboense onde habitava ficava justamente em frente à Biblioteca Pública, de modo que pela janela dava para ver o movimento de pessoas que entravam e saíam.

Um dia, decidiu visitá-la, e, a partir daí, todas as tardes passaram a ser ocupadas com as viagens maravilhosas nas páginas de Júlio Verne e outras tantas leituras que o fascinavam.

Desenvolvia-se no menino de Miritiba o interesse pelo estudo livre, e as asas do sonho começavam a crescer, querendo alçar voo.

Um mês se passou, e Cassiano cumpria prazerosamente a rotina de trabalho e estudo, quando Narcisa, certa manhã, informou-lhe toda orgulhosa por ser intermediária daquela notícia:

– Você está prestes a se arranjar, sabe?

– Emprego?

– Sim, no comércio. Aqui em casa.

Diante da indecisão estampada no rosto do menino, Narcisa explicou:

– Já falei com o Jessé, e ele dará uma resposta, breve. Jornal não dá futuro a ninguém, o comércio, sim. Aqui você terá casa, comida e roupa lavada, além do ordenado.

Alguns dias depois, Narcisa subiu ao sótão e acordou-o com a notícia auspiciosa: estava empregado como caixeiro da sólida mercearia de Jessé Ramos da Silva.

— Vá receber seu dinheiro no jornal e amanhã já poderá começar.

A estabilidade, que nunca tivera em lugar algum, Cassiano tinha-a agora nas oficinas do *Jornal da Manhã*. Ainda assim, não escondeu a alegria ao receber a informação de Narcisa. Contribuiu para isso, possivelmente, a segurança que sentia naquela casa, a dedicação daquela mulher generosa, a acolhida do português Jessé e a simpatia dos demais moradores.

Já no dia seguinte, cedinho, Cassiano descia com os demais empregados, quatro ao todo. Lembrando-se das experiências anteriores no balcão do tio Armindo e já sabendo das obrigações que competiam a um novato, empunhou a vassoura e, depois dela, o espanador, e, depois deste, o pano molhado. Arrumou bancos e mesinhas, ordenou mercadorias nas prateleiras, retocou as letras da tabuleta de ofertas da casa, pendurando-a no lado externo do estabelecimento, e outros pequenos serviços, que realizou com enorme vivacidade.

Essa foi a prática durante vários dias. Até que o funcionário mais velho do armazém, dirigindo-se a ele, deu-lhe uma tarefa diferente:

– Hoje, preciso que você lave as garrafas que estão no tanque. Quero-as bem limpas. Amanhã é dia de engarrafar vinho.

Cassiano atendeu imediatamente, colocou uma roupa velha, calçou um par de tamancos e começou o serviço. Sentado num banco, metia a mão no tanque cheio d'água, puxava uma garrafa. Esvaziada, jogava dentro um punhado de bolinhas de chumbo e agitava com energia. Retiradas as bolinhas, enfiava, pelo gargalo, uma escova comprida presa a um arame, enxaguava a garrafa em água corrente e pendurava-a para escorrer de boca para baixo num quadro especial de madeira. Bem limpas, recebiam o vinho no dia seguinte e eram expostas, já lacradas e rotuladas, nas prateleiras para a venda.

Cassiano estava feliz naquele período de sua vida. Cercado por pessoas amigas que o respeitavam, precisava retribuir com o seu empenho a oportunidade que lhe ofereciam. Não se preocupava com a simplicidade do serviço, desde que pudesse ocupar as mãos e o espírito no trabalho honesto. Era grato a todos eles e sentia-se na obrigação de honrar o gesto nobre do Tio Armindo, que o trouxera para aquela casa hospitaleira, e a quem magoara tanto em Parnaíba, tempos atrás, traindo a sua confiança. O tio o perdoara como um verdadeiro cristão.

Mas isso era assunto superado. Cassiano convivia com uma grande família. Narcisa já demonstrara, inúmeras vezes, o seu formoso coração. Consagrava-se com toda a alma ao bem-estar daquela família, muito grata ao português, com quem veio a se casar oficialmente mais tarde. Prendada e prática, tendo a mercearia à sua disposição, mantinha a mesa sempre farta e os convivas saciados.

Por sua vez, o senhor Jessé Ramos da Silva desmentia a fama que tinham os patrões portugueses de serem brutos e malcriados. De pouca instrução, mas justo e bom, esse português tratava a todos com respeito e consideração e com isso ganhava a absoluta fidelidade dos auxiliares. Homem corretíssimo, o quilo na sua balança tinha mil gramas. Honrado, não tirava vantagens indevidas dos clientes.

Com a experiência adquirida através do sofrimento e das carências, e tendo já visto algo do lado escuro dos homens, Cassiano reconhecia a boa índole daquelas pessoas e, por isso, trabalhava com alegria e também com gratidão.

Havia um clima entusiástico naquele dezembro de 1900. As perspectivas de vendas na Casa Lisboense eram promissoras e refletiam a excitação geral da sociedade. O movimento ia crescendo à medida que as datas festivas se aproximavam. A virada do século contribuía decisivamente para instalar a ansiedade e certo nervosismo nas pessoas, que faziam bons prognósticos para o novo milênio que despontava.

Naturalmente, o otimismo ingênuo da maioria previa dias melhores e mais felizes para todos com a simples transição cronológica, e esse estado emocional da população repercutia em tudo. Os jornais maranhenses replicavam as notas vindas do Rio de Janeiro, que auguravam avançados progressos para o novo tempo, sucedendo o "século das luzes".

O coração de Cassiano estava alvoroçado e dividia a alegria geral com a humanidade. O português Jessé cuidara para que o depósito da mercearia ficasse bem provido. Barris e caixas de alimentos sortidos, importados da Europa ou vindos do sul do país, abasteciam a Casa Lisboense, pronta para atender a clientela abastada e feliz.

Pobre, mas contente, Cassiano participou com solicitude das grandes vendas que se deram na véspera do Natal. Foi um dia de muito movimento, os clientes saindo com pacotes de mercadorias, os carregadores partindo com caixas e cestos para entrega em domicílio. Narcisa, no andar superior, comandava a cozinha, de onde desciam fiambres, guisados, salgados e doces enfeitados, prontos para atender às encomendas. E assim foi até altas horas, quando, já perto da meia-noite, o português Jessé fechou as portas do estabelecimento.

O dia 31 de dezembro não foi diferente. Era hábito da casa, depois de fechadas as portas, manter clientes bebendo e conversando do lado de dentro. Naquele último dia do século, deu-se o mesmo. Muitos fregueses permaneceram ali, consumindo e discutindo frivolidades, até que os últimos decidiram partir, por volta das vinte e duas horas.

Sentindo-se inteiramente entrosado naquele grupo familiar, Cassiano não se dava conta do cansaço e colaborava nos serviços sem se queixar. Os ponteiros de um velho relógio, pendurado sobre o batente de uma das portas do comércio, avançavam ansiosos para marcar as últimas vinte e quatro horas do século dezenove. O barulho, lá fora, do último bonde da noite e o falatório de transeuntes retardatários se misturavam com o estouro dos fogos de artifício.

Cassiano imaginava o céu colorido pelas luzes dos foguetes e as pessoas em suas casas, cantando e rindo felizes, preparando-se para a ceia, quando o português Jessé Ramos da Silva, no meio do salão, remexendo os bigodes alourados, ordenou:

— Vamos fazer o balanço das mercadorias... Inicialmente, pelas bebidas.

Com um lápis atrás da orelha e um caderno na mão, sentou-se a uma das mesas, pronto para anotar a contagem que os cinco caixeiros começariam a ditar. Sem um gesto de má vontade ou protesto, Cassiano subiu na escada de seis degraus e puxou a fila, cantando:

— Trinta e seis garrafas de conhaque Macieira!

— Trinta e seis garrafas de conhaque Macieira — soletrou o patrão, enquanto anotava na caderneta.

— Vinte e duas de vinho Colares!

— Vinte e duas de Colares... — repetiu o português Jessé, escrevendo pausadamente.

Alguns foguetes estouraram em sequência, e a claridade entrou pelas bandeiras de vidro das portas da Casa Lisboense. Os funcionários continuaram contando. Seu Jessé apontou para uma prateleira e pediu:

– Agora, as latas de azeite de oliva!

– Uma, duas, três... dezesseis... trinta e uma de azeite Brandão Gomes.

E foi assim que Cassiano, humilde caixeiro do século XIX, entrou no século XX trabalhando, cheio de esperança e expectativa por dias ainda melhores.

2ª PARTE
IMPRESSÕES DE LEITURA

IMPRESSÕES DE LEITURA

Aqui, o leitor encontrará o que a minha percepção pôde colher nos textos de Humberto de Campos encarnado. Nesta segunda parte, são vinte e cinco livros retratados. Como que fazendo uma viagem no mar de letras dos seus livros, beirando o litoral da vida, a cada paisagem bela e curiosa com que me defrontava, parava e tentava decifrá-la. Assim, fui tecendo essas "Impressões de leitura", com os olhos do espírita que busca encontrar inspirações espirituais no material que avalia, onde, talvez, nem mesmo o autor tenha se dado conta delas. Além do mais, procurei recolher, nos seus relatos, elementos que contribuíssem para a formação, por parte do leitor, de um panorama do pensamento e da vida do grande escritor brasileiro. E encontrei, nos milhares de páginas lidas, no tempo e lugares percorridos pelo escritor, nos fatos íntimos ou sociais vividos por ele, situações comovedoras, casos curiosos e muitas passagens de fundo moral e espiritual, que, acredito, o leitor vai apreciar. Portanto, boa viagem a todos!

Nota: todas as palavras e frases em *itálico* desta 2ª parte são dos textos literários de Humberto de Campos. Mantive a pontuação usada pelo escritor nos textos originais.

DIÁRIO SECRETO, VOLUME I

(EDIÇÃO ÚNICA, póstuma, 1954)

À página 29

Humberto de Campos discorre sobre um comportamento supersticioso que se verificava com frequência na casa de seu amigo Coelho Neto, o grande romancista brasileiro. Toda vez que este se achava abatido e contrariado nos seus negócios, uma preta velha doméstica, apelidada Bá, aproveitando o sono do patrão, o *defumava com ervas prestigiosas,* acompanhadas de preces de dona Gabi, sua esposa. E o remédio era infalível: Coelho Neto, "defumado", recobrava o ânimo.

O episódio exótico me fez lembrar o depoimento contado pela minha esposa sobre a preta Baía que colaborava em sua casa, nos idos de 1950, nas Alagoas. Num certo dia em que minha mulher, ainda criança, sofria com fortes dores na barriga, foi socorrida por Baía com um procedimento simples, mas que funcionou perfeitamente. A velha tomou de uma cuia esquentada no fogo a lenha e, sobre um pano dobrado em quatro, colocou-a na barriga da criança. Feita uma reza em seguida, foi como tirar a dor com a mão.

Esses procedimentos simplórios de antigamente, mas carregados de vibrações caridosas, sempre foram eficientes no auxílio aos aflitos. O caso de dona Gabi e da velha Bá mostra que elas tinham, mais que o misticismo, "um pé na Espiritualidade", tanto quanto a preta Baía, que também ajudava a vizinhança com seus recursos intuitivos e desinteressados. Com certeza, são práticas ainda muito usadas neste Brasil grande e que agregam a caridade natural de pessoas boas e simples a nuances mediúnicas muitas vezes sequer suspeitadas.

À página 48

Minha filhinha Maria de Lourdes está desde há dois dias com febre e vômitos. Olhando-a no seu sono agitado, com a mãozinha branca sob o rostinho vermelho de febre, eu dificilmente contenho o meu desejo de chorar.

Esta é uma cena familiar ingênua e grave, narrada por Humberto de Campos com forte carga de sentimento. O desejo de chorar, dificilmente contido pelo escritor, expressa sua momentânea incapacidade de aliviar o sofrimento da filha doente e o medo de perdê-la para a medicina precária da época (1917).

O homem forte diante do mundo se mostra impotente ante a fragilidade da vida. A sensibilidade de pai se rende à lágrima que vem do coração, o que pode ser considerado como uma forma de prece.

À página 82 e 90

Calafrios, vômitos, febre, indisposição geral. Tratamento: trabalho...

Impressiona a volúpia com que Humberto de Campos se relacionava com o trabalho. Nem essa situação caótica do corpo, que ele narra, desviava-o dessa *furiosa paixão*. Num de seus textos, ele confessa: *Trabalho com ardor como outros bebem, dançam ou fumam: porque encontro nisso o maior dos prazeres.*

Para Humberto de Campos, o trabalho era mais que um dever; não era vício, era amor. Ele disse o que poucos de nós diríamos: *Se tudo que se conquista com o trabalho me faltasse ao fim da vida, eu me consi-*

deraria, ainda assim, convenientemente pago com a alegria silenciosa que o trabalho me deu.

Quantos de nós, no fim da vida, estaremos contentes apenas com a *alegria silenciosa* que o trabalho nos tenha proporcionado?

À página 163

Solicitado a cumprir um dever político em outro Estado e, para isso, tendo que se ausentar de casa, Humberto de Campos desabafa em seu diário: *Como me custa (...) afastar-me desta mesa em que escrevo, e destas quatro paredes forradas de livros – prisão silenciosa, mas doce, a que eu desejaria viver perpetuamente condenado.*

Que amor era esse de Humberto de Campos pelos livros?! Que relação era essa que o fazia sentir-se livre desde que estivesse literalmente cercado por quatro paredes repletas deles? O interesse do escritor pelo saber acabou guiando o seu modo de vida e, possivelmente, vinha de longe, nas pegadas de vidas passadas... Ele cumpria, assim, uma sugestão ditada pelas memórias arquivadas no seu Espírito.

À página 266

Refletindo sobre o que chama *o meu comodismo*, o então deputado federal Humberto de Campos comenta sobre uma viagem política que precisava fazer ao Estado do Maranhão, mas que protelava, preferindo ficar trabalhando em seu gabinete, desejando nunca precisar sair dele, e diz: *Tudo que não seja trabalho produtivo, parece-me, a mim, um roubo feito ao meu próprio tesouro, que é o tempo.*

O Espiritismo endossa esse pensamento do escritor, na medida em que propõe que cada um aproveite o tempo produzindo o melhor que possa, dando o melhor de si. Como não sabemos o tempo que nos resta de vida, aplicá-lo inutilmente seria como roubá-lo de nós mesmos. Conhecendo bem o "fazer político" da época, que não diferia muito do de hoje, Humberto de Campos sabia que, em casa, lendo e escrevendo, aproveitaria o tempo de modo bem mais produtivo. Uma ironia cheia de verdade.

À página 273

A minha paixão pelo trabalho mental, a minha fome de escrever, de produzir, tem, talvez, as suas raízes mais profundas no meu egoísmo, escreveu Humberto de Campos.

Esse egoísmo (ou vaidade) confessado de Humberto de Campos nasceu, por certo, do desejo manifestado, em várias ocasiões, de ser lembrado no futuro, de não ser esquecido como literato. Que escritor na Terra não tem a sua vaidade? É humano. Por isso, a fome de escrever. Quanto mais vasta a obra, maior a oportunidade de haver alguém, em qualquer tempo, colhendo um pensamento solitário entranhado nalguma página envelhecida, e que ninguém ainda havia percebido. Como eu colho agora.

À página 273

Por faltar a Humberto de Campos os elementos da reflexão espiritual mais objetiva, que o fizessem transitar na ponte entre a matéria e o Espírito, suas ponderações, suas análises, mesmo as referentes à alma, circunscrevem-se às coisas da vida física. Seu pensamento não atravessa a fronteira que divide o palpável do invisível, o transitório do eterno. Portanto, quando se referia ao futuro, não se incluía nele, pois, após a morte, achava que não estaria "lá".

Num texto seu do *Diário Secreto*, de 2 de setembro de 1929, falando da sua paixão pelo trabalho de escrever, pergunta a si mesmo: *Que pretendo eu, em verdade, ao idear uma obra vasta, uma bibliografia numerosa?* E responde a si mesmo: *Pretendo, apenas, que meu nome me sobreviva, que se fale de mim quando eu já repousar no seio da terra.* E conclui: *Eu me mato, pois, para dilatar a vida.*

Ou seja: não considerando, naquele momento, a imortalidade da alma e, portanto, o prosseguimento da própria vida, vê-se continuando a viver tão somente na memória dos seus leitores através da sua obra, dos seus livros, dos seus pensamentos impressos no papel. Quanto mais escrevesse, maiores seriam as chances de aumentar os leitores e seguir vivo na lembrança deles. Mais tarde, já no plano espiritual, Humberto pôde recolher, emocionado, o carinho das recordações dos milhares de leitores e constatar, em si mesmo, a realidade do Espírito imortal, muito mais importante do que qualquer extensão no tempo que pudesse ter tido a sua obra literária.

À página 281

Um comentário judicioso de Humberto de Campos no *Diário Secreto* faz lembrar a proposta de autoconhecimento formulada por Santo Agostinho, que se pode ler em "O Livro dos Espíritos", de Allan Kardec, na questão 919. Humberto sente a necessidade de se autoquestionar sobre o que, provavelmente, julgava ser um defeito moral seu, e diz: *Eu preciso recolher-me a um claustro e, aí, mergulhando em mim mesmo, estudar a minha alma e o meu espírito.* Faz, então, uma constatação incisiva: *Eu sinto, às vezes, que sou rigoroso demais nos meus julgamentos. Examinando bem, verifico que eu sou, apenas, justo.* E, ao final, reconhece-se incompleto quando pergunta a si mesmo, com acerto e bom senso: *Mas o mundo não precisará menos de justiça do que de indulgência?*

Humberto de Campos sinteticamente exercita o "Conhece-te a ti mesmo", sugerido por Agostinho, e, como se vê, chegou a um bom resultado: reconhece-se justo, mas não indulgente. O justo por excelência, diz o ensino espírita, pratica a caridade, que se constitui do amor, da benevolência e da indulgência para com o próximo.

À página 294

Em viagem a 27 de outubro de 1928, um sábado, já chegando às cercanias de São Luís do Maranhão, levado de navio do Rio de Janeiro, Humberto de Campos deparou-se com lembranças vividas ali há muito tempo. E, navegando no mar de recordações tristes, cotejando-as possivelmente com a vida atual, perguntou-se: *Terei eu motivo, mesmo, para queixar-me da vida?*

Efetivamente, o escritor estava certo ao questionar-se. Ninguém tem motivo algum para queixar-se da vida. Primeiro porque, sendo um dom de Deus, a Vida em si é perfeita. Depois, porque temos sempre do que precisamos. O que porventura nos faltar será por conta da nossa imprevidência. As dificuldades que Humberto viveu, trazidas agora pelas recordações, não foram em vão. Queixar-se delas, pois, seria renegar o auxílio que lhe deram para as conquistas do futuro.

À página 307

Cumprindo compromissos políticos em viagem pelo interior do Maranhão, o deputado Humberto de Campos visitou diversas cidades, sempre recebido com muito calor humano, festa e música. Num desses trajetos, feito de trem, o Diretor da

Estrada de Ferro confessou ao escritor *achar-se grandemente disseminada em Coroatá a paixão do espiritismo*. Coroatá, uma cidade do interior maranhense, nos idos de 1928, "apaixonada" pelo Espiritismo!

Esse relato me faz pensar na expressão evangélica (João, 3:1-12) de que "o Espírito sopra onde quer", realmente. Tanto para reencarnar como para se manifestar aos homens. Em quantas cidades do Brasil e do mundo não ocorreram esses surtos de interesse pela prática espírita, depois que Allan Kardec escreveu suas obras e que as mesmas começaram a se espalhar por todos os lugares?

E quanto disso não ocorre ainda hoje, por conta das facilidades, ampliando geometricamente o número de pessoas que tomam conhecimento das "coisas do Além", muitas delas organizando-se em grupos de trabalho para expandir mais as ideias espíritas?

Quantas, pelo mundo afora, simpatizam com o Espiritismo sem fazer alarde? Encontra-se, com frequência, pessoas que se revelam espíritas e de quem não suspeitávamos, por levarem uma vida discreta nesse sentido.

Não sei como está o Espiritismo na Coroatá de hoje, mas, como "o Espírito sopra onde quer", o interesse pelas ideias e fatos espíritas só tende a crescer, e onde, por alguma razão, diminuiu, pode recrudescer a qualquer momento.

À página 314

Esse pequeno trecho de Humberto de Campos dispensa qualquer comentário. O texto fala por si. Transcrevo, simplesmente:

– *Você vive constantemente preocupado!* – dizia-me ontem um amigo.

– *É engano seu* – respondi-lhe. – *Eu nunca ando preocupado porque ando sempre ocupado.*

E assim é, realmente. A preocupação é moléstia exclusiva dos que não têm ocupação, isto é, dos que, nada tendo para pensar ou fazer hoje, se ocupam hoje com o que têm de fazer ou pensar amanhã.

À página 332

Já para os anos finais de sua vida física, Humberto de Campos, que sempre foi muito viril, depôs sobre uma modificação que sentia ocorrer em si, certa renúncia consciente às forças que a natureza impõe ao corpo com finalidades específicas. Ele confessou a causa dessa renúncia: *Apenas, preocupado com o espírito, eu me sinto surdo, aliás sem esforço, aos apelos que ela* (a natureza) *me faz...*

Humberto de Campos qualificou esse fenômeno psicológico como ascendência da inteligência sobre os sentidos. Essa preocupação com o Espírito, que ele demonstrava, teria nascido de reflexões tardias sobre as relações Espírito/matéria? Ou simplesmente lhe ocorreu o mesmo que ocorre com muitas pessoas que, ao pressentirem o desfecho da vida, cansadas do trato material, resolvem ouvir o que o seu Espírito tem a lhes dizer?

À página 336

Humberto de Campos usava, em alguns momentos, o recurso crítico um tanto energicamente, a ponto de mostrar-se, depois, arrependido e até triste consigo mesmo por não ter antes filtrado com o coração o que lhe saía da mente. Era o impulso do temperamento forte que tomava a frente, em nome da franqueza.

Depois de publicar na "Vida Literária" um estudo crítico sobre o último livro do amigo Coelho Neto, temeu ter ido longe demais.

No dia seguinte da publicação, encontrou-se com o amigo em sessão da Academia Brasileira de Letras, temeroso de tê-lo desgostado. Ao contrário do que Humberto pensou, Coelho Neto o elogiou pelo discernimento crítico e sinceridade e, após tê-lo abraçado uma vez, deu-lhe outro abraço, dizendo: – *Muito obrigado... Eu sei que aquilo não é crítica... É mais coração...*

E Humberto se sentiu aliviado, e feliz por ter Coelho Neto como amigo.

À página 346

Vida e sofrimento, talvez, fossem sinônimos para Humberto de Campos. Viver sem sofrer provavelmente lhe entravasse o processo criativo. Adaptou-se à dor, tanto a física quanto a moral, e aprendeu a superá-la usando-a como material para o seu trabalho. Por isso, seus textos são feitos de saudade e memórias do que poderia ter sido esquecido, mas que ele não pôde ou não quis esquecer; seus escritos são tecidos com os fios ásperos e quentes do humor e da crítica, pois que traduzem certo ângulo da sua personalidade ligeiramente inconformada.

Humberto de Campos escreveu muito porque sofreu muito. Quanto mais sofria, mais tinha motivos para viver e enfrentar esse sofrimento. E deixou isso claro ao dizer, como se lançasse um desafio: *Quanto mais eu vivo, e sofro, mais ardentemente amo a vida.*

À página 347

Em vista de uma hipertrofia da hipófise, doença progressiva no cérebro que lhe trazia muito sofrimento, insegurança e incertezas quanto ao futuro, além de alterações físicas, Humberto de Campos dirigia apelos a Deus em vários momentos aflitivos, ora buscando respostas, ora agradecendo, ora pedindo conforto. Num deles, diante das perspectivas nada animadoras da medicina para o seu caso, desabafou: *Que tudo me aconteça: que eu fique surdo, deformado, mutilado; mas que Deus me deixe a volúpia de pensar, de ler, e de deixar no papel o meu pensamento, a minha dor e o meu sonho!*

Diante da gravidade das circunstâncias, o corpo já não representava nada, mas o Espírito ainda tinha muito a dizer.

À página 348

Humberto de Campos fica sabendo da morte do poeta Luís Murat, seu amigo de Academia, ocorrida no início da tarde. Sofre profundamente com a notícia. Triste, vai à noitinha vê-lo pela última vez em sua casa. Encontra-o ainda sobre o leito, no andar de cima, desfigurado pela morte e bem diferente do que sempre fora fisicamente.

Salvo algumas mocinhas e duas senhoras que não lhe dão atenção, nenhum amigo, nenhum conhecido, nenhum acadêmico na casa. Apenas a imagem forte de Luís Murat, inerte sobre o leito. Humberto de Campos desce a escada e sai, sentindo reboar no coração as marteladas dos operários que preparam, no andar inferior, a armação de madeira que receberá o caixão mortuário.

A morte iguala as pessoas na solidão do corpo transitório e, desde logo, começa a fermentar o esquecimento. Não fosse o Espírito, vivo, a retornar para a casa verdadeira, e não valeria a pena viver. Ainda bem que a vida continua para renovar tudo.

DIÁRIO SECRETO, VOLUME II

(1954)

À página 16

Um momento lúcido e belo da prosa de Humberto de Campos: *A Natureza é sábia e justa. O vento sacode as árvores, move os galhos, para que todas as folhas tenham o seu momento de ver o sol!* Pura poesia em prosa, que fez o crítico Agrippino Grieco dizer dele: "Prosador, era um dos nossos maiores poetas".

À página 50

Que inveja eu tenho desses homens que recebem todos os dias, para as lutas da vida, o prêmio do sono!...

Humberto de Campos sofria de insônia e, quando conseguia dormir, com certa regularidade tinha pesadelos. Em conversa com um amigo político de idade já avançada, soube que este dormia a noite toda, sempre, e bem. Humberto, que acordava várias vezes na noite, confessou sua inveja daqueles que podiam temperar, com uma boa noite de sono, as lutas do dia seguinte.

Para os que sofrem do mal terrível da insônia, o sono deve ser mesmo um prêmio...

À página 54

Não me recordo de ter jamais lido, nunca, frase tão triste e paradoxal. Humberto de Campos participava de uma roda de deputados maranhenses onde se comentava a morte de um conterrâneo pelo suicídio. Cada um dá seu aparte na conversa sobre as características do morto, todos conhecedores dos "medos" que o referido tinha em vida. Até que o último a falar concluiu, definindo com uma frase o ocorrido: *Matou-se, possivelmente desenganado, pelo pavor de morrer!...*

Ou seja, matou-se para fugir da morte... Vivo, no mundo espiritual, com certeza arrependeu-se amargamente. Como suicida, fugiu da vida sem saber que aumentava seus medos.

À página 75

Há determinados conhecimentos que uma pessoa pode adquirir e que são capazes de mudar completamente o seu modo de ser e o rumo que pode dar à vida. Humberto de Campos, quando encarnado, apesar da grande cultura humanística que possuía, desconhecia certas informações fundamentais para a compreensão do mecanismo da vida e das leis universais. Num de seus textos, ele diz: *Eu sou, ordinariamente, um homem que tem medo da morte*. E em seguida: *O que há de horrível e apavorante na morte é, parece, o cenário: a família em torno, as lágrimas, os gritos, as lamentações, e a certeza de que os outros aqui ficam e o morto não sabe para onde vai*.

Infelizmente, muitos ainda veem a morte dessa maneira. Ora, bastaria compreender que o Espírito é um ser independente do corpo e que, quando este não lhe serve mais, deixa-o apodrecer sob a terra, e sai livre a encontrar-se com familiares, parentes e amigos no plano espiritual. E, consciente, dono dessa liberdade, continua vivendo em sociedade, traçando planos para melhorar-se cada vez mais como Espírito, que é o que importa realmente. Depois da morte, o corpo nada mais significa para o Espírito, como o desejo pueril de uma criança nada mais diz para o homem que amadureceu.

À página 114

No dia 14 de dezembro de 1930, Humberto de Campos levantou-se em paz com a vida. Registrou nas anotações do seu "Diário": *Manhã luminosa e quente. Mar azul, céu azul, montanhas azuis. Azul líquido, azul etéreo, azul sólido (...). E o sol, desfeito em ouro, derramando-se sobre o mar, sobre as montanhas, e por todo o céu, como Júpiter[1] sobre Danae...[2]*

Além da sensibilidade poética que o definia, era dono de um caráter forte, destemido e maduro. A vida pessoal não ia nada bem naquele período, e o país atravessava uma crise política que afetava a todos, menos a ele, que se mantinha sereno junto da família, dos amigos e dos livros, fazendo poesia...

---

1 Para os romanos, Deus do dia. Equivalente a Zeus, Deus grego.

2 Uma princesa, na mitologia grega.

À página 144

Humberto de Campos, ao abrir a janela pela manhã, deparou-se com um gato preto no pátio da casa vizinha. Isso despertou o lado supersticioso que havia nele, e esse estado de alma acabou interferindo no correr de todo aquele dia.

Assim como Humberto, há os que se definem como céticos, nem por isso deixam de aceitar o que sugerem as superstições. Senão todos, muitos levam em conta o irreal, o imaginário, chegando a conduzir suas vidas com pensamentos fantásticos. Creem na fantasia, mas negam o que a razão define como real e possível. Como se lê na questão 529 de "O Livro dos Espíritos", (...) "o homem gosta do maravilhoso e não se contenta com as maravilhas da Natureza".

À página 203

Mas, como as árvores de espinho sempre têm a sua flor, eu vou vivendo (...)

Apesar dos sofrimentos severos que enfrentou nos últimos anos, Humberto de Campos conseguia ver ainda, em certas situações da vida, compensações que o faziam suportar com dignidade as duras provas. Como quando da viagem que fez a Montevidéu, em intercâmbio intelectual com o Uruguai, a pedido do Ministro da Educação do Brasil, viagem essa que, se dependesse só dele, teria recusado. Com fortes dores, recluso o tempo todo no seu camarote, não deixou de ver, naquela viagem incômoda (ele que raramente saía de sua cidade), *um pequeno conto de fadas*, que o divertiria se não estivesse tão doente.

À página 353

Dentre as muitas anotações interessantes feitas no "Diário", por Humberto de Campos, há esse pensamento: *Quando os males que nos assoberbam são muitos, constituem um bem.* Encontramos em "O Evangelho Segundo o Espiritismo", capítulo V, a mesma ideia nos comentários de Allan Kardec: (...) "deveis considerar-vos felizes por sofrer, porque as vossas dores neste mundo são as dívidas de vossas faltas passadas, e essas dores, suportadas pacientemente na Terra, vos poupam séculos de sofrimento na vida futura". Como lhe faltassem informações de conjunto sobre o assunto, Humberto não refletiu a questão como o fez Allan Kardec, evidentemente.

Mas o fundo do pensamento é o mesmo, tanto num quanto noutro. Kardec discorrendo conscientemente, Humberto de Campos, intuitivamente.

À página 389

Numa livraria, Humberto de Campos encontrou um antigo jornalista e deputado, que, em conversa, depois de abordar vários assuntos, ponderou ao escritor, no campo religioso: – *Não, você não pode ser um céptico! A vida está tão cheia de prodígios que um espírito como o seu não pode deixar de apreendê-los.*

O fato é que as razões que faziam do jornalista um crente não tocavam a mente e o coração do escritor. Humberto de Campos não se achava mesmo capaz de apreendê-los completamente naquele momento da vida. Mesmo com a ilustração e cultura do seu Espírito, mesmo com a sensibilidade do poeta e o humanismo do escritor, esses "prodígios" não ecoavam no seu íntimo. Uma prova cabal do que se lê na resposta 365 de "O Livro dos Espíritos": (...) "o progresso (do Espírito) não se realiza, simultaneamente, em todos os sentidos".

Em suma, o que alguns enxergam com naturalidade e convicção, outros nada veem, ou veem imprecisamente.

À página 395

Frio e chuva fina naquela manhã de Finados. Humberto de Campos olhou o céu cinzento e sentiu uma tristeza no ar, que o fez escrever: *Parece que a Morte, neste momento, se acha confundida com a Vida.*

Efetivamente, a percepção de Humberto de Campos é verdadeira. A morte sempre teve parentesco com a vida. Embora a morte trate da matéria e a vida cuide do Espírito, os dois fenômenos convivem lado a lado, observando-se mutuamente, cada um com seus critérios: a morte sempre a esperar um descuido; a vida protegendo-se sempre. A diferença entre elas é que a morte tem um porto de chegada, e a vida segue viagem...

POESIAS COMPLETAS
(1933)

DOR

"Há de ser uma estrada de amarguras
a tua vida. E andá-la-ás sozinho,
vendo sempre fugir o que procuras",
disse-me um dia um pálido adivinho.

"No entanto, sempre hás de cantar venturas
que jamais encontraste... O teu caminho,
dirás que é cheio de alegrias puras,
de horas boas, de beijos, de carinho..."

"E assim tem sido... Escondo os meus lamentos:
É meu destino suportar sorrindo
as desventuras e os padecimentos.

E no mundo hei de andar, neste desgosto,
a mentir ao meu íntimo, cobrindo
os sinais destas lágrimas no rosto!"

Este poema de Humberto de Campos traduz em essência o que foi a sua vida. Sem a pretensão de analisá-lo, observo de imediato uma curiosidade: a presença do "adivinho" fazendo-lhe prognósticos futuros. Esse personagem foi uma constante no seu caminho, e Humberto, sempre se achando convicto do seu ceticismo, não deixou, porém, em mais de uma ocasião, de sentir uma recôndita esperança de que pudesse haver alguma verdade naquelas profecias. As que falavam do dinheiro e vida longa que teria foram um engodo. As que prenunciavam a cura e a saúde eram ambíguas. Acertaram apenas aquelas que se referiram ao seu calvário de dor e desilusão.

DA SEARA DE BOOZ

(1918)

A boa oratória não é mais hoje, no meio espírita, atributo de muitos. Os aparelhos eletrônicos têm feito pelo menos a metade do trabalho que caberia inteiro àquele que ocupa a tribuna.

Mas, já em 1916, Humberto de Campos, em se referindo ao foro do Rio de Janeiro, observava certo abandono da Eloquência por parte dos juristas da época. Fazia, no entanto, oportuna observação sobre a arte de falar em público, que serve também para os dias atuais: *A palavra de um grande orador modifica, elevando-o, o ambiente em que é ouvida. Todo homem de talento, de espírito claro e verbo fácil é portador de um raio de sol para a vida.*

TONEL DE DIÓGENES
(1920)

Numa de suas histórias, Humberto de Campos descreve o fenômeno da visão psíquica num personagem que, depois de se recuperar de uma *crise cerebral*, passa a ter a faculdade que lhe permite ler *as ideias mais íntimas que outros cérebros elaboravam*. Na ficção criada pelo escritor, o vidente é cercado pelos que invejam a sua "sorte", mas acaba se desiludindo com as pessoas ao descobrir seus reais pensamentos ocultos, todos falsos. E termina por maldizer o incrível poder que detém. Allan Kardec trata deste assunto na "Revista Espírita"[3], afirmando ser possível, a uma alma encarnada que tem a aptidão, ler, pelo pensamento, os pensamentos de outra alma, que se acham estampados no perispírito desta. Kardec explica como se dá o fenômeno: "Criando imagens fluídicas, o pensamento se reflete no envoltório perispiritual como num espelho (...). Se um homem, por exemplo, tiver a ideia

---

3 Kardec, Allan. *Revista Espírita*, junho de 1868, Fotografia do pensamento.

de matar um outro, embora seu corpo material esteja impassível, seu corpo fluídico (perispírito) é posto em ação pelo pensamento, do qual reproduz todas as nuanças; executa fluidicamente o gesto, o ato que tem o desígnio de realizar; seu pensamento cria a imagem da vítima, e a cena inteira se pinta, como num quadro, tal qual está em seu Espírito".

No campo dos fluidos, o Espiritismo estuda como possível este fenômeno psíquico, mas afirma que "Acima de tudo, está a vontade superior, que pode, em sua sabedoria, permitir uma revelação, ou não permiti-la. Neste último caso, um véu espesso envolve a vista psíquica por mais perspicaz que seja"[4].

Humberto de Campos escreveu histórias belíssimas e, em muitas delas, gravou o sentimento puro inspirado pelas páginas respeitáveis dos evangelhos. É o caso do conto *As rosas de S. Sérgio*.

Moço, Sérgio abdicara dos deuses romanos quando se deixou encantar pela palavra dos evangelistas. Incompreendido por Maximiano, de quem fora

---

4 Kardec, Allan. *Obras Póstumas*, Fotografia e telegrafia do pensamento.

secretário e amigo, o novo cristão sofreu-lhe torturas inenarráveis, atirado em prisão imunda, por não aceitar mais as velhas orientações religiosas. Não lhe importavam as chagas e as dores, pois recolhia no firmamento, *diariamente, a lição luminosa da coragem, da resignação e da fortaleza*. A cada nova carga de suplícios, o moço romano se prostrava no chão, em prece fervorosa. Numa última tentativa em reconvertê-lo, Maximiano ordenou que se lhe preparasse um par de *sandálias guarnecidas internamente de pregos agudos*, com as quais deveria correr em torno da cidade, açoitado no caminho por dois centuriões. Recusando ainda o mártir a retomar as velhas crenças, foi obrigado a correr, tendo a acompanhá-lo, de cada lado, os soldados a vergastá-lo. O sangue dos pés triturados foi deixando na areia, à sua passagem, uma linha vermelha, que foi ladeada, à esquerda e à direita, por dois rastros do suor caído dos torturadores. Até que o moço, concluída a imensa volta, tombou inanimado no lugar de onde partira.

E Humberto de Campos concluiu assim o conto: *Na manhã seguinte, a população da cidade saía, assustada, para ver o prodígio. Em torno de Antióquia, em toda a extensão das muralhas, florescia um grande carreiro de rosas vermelhas, defendidas, de um lado e de outro, por duas cercas de espinhos...*

MEALHEIRO DE AGRIPA
(1921)

As consequências da primeira guerra mundial (1914-1918) sobre a Europa foram trágicas. Além dos 9 milhões de mortos e cerca de 20 milhões de feridos, o pós-guerra agravou a situação política, econômica e social de muitos países, impondo às populações pesados ônus como a hiperinflação, o desemprego e a fome. Humberto de Campos leu, no diário carioca Correio da Manhã, de abril de 1919, nota da Associated Press sobre a Hungria, onde a desordem política desencadeava truculências sociais. Famílias ricas eram saqueadas, tendo que dividir os seus bens, cidadãos prósperos eram rebaixados pela força a condições subalternas, famílias abastadas e de destaque eram perseguidas, tudo em nome de um regime equivocado que se queria instalar em meio à confusão política do país. Humberto se sentiu deprimido lendo a notícia.

Após a leitura dessa informação telegráfica – disse Humberto de Campos –, *procurei um livro sagrado, para refrigério do espírito e consolo do coração. Abri-o. Era o* dos Evangelhos, segundo S. Lucas, o qual, com sua doçura apostólica, me repetiu, na dança religiosa das letras, a parábola de Lázaro e o mau rico. E era assim: (Lucas, XVI, 19-31):

19 – Ora havia um homem rico, e vestia-se de púrpura e de linho finíssimo e vivia todos os dias regalada e esplendidamente.

20 – Havia também um certo mendigo chamado Lázaro, que jazia cheio de chagas à porta daquele.

21 – E desejava saciar-se com as migalhas que caíam da mesa do rico; e até vinham os cães, e lambiam-lhe as feridas.

22 – E aconteceu que o mendigo morreu, e foi levado pelos anjos para o seio de Abraão; e morreu também o rico, e foi sepultado.

23 – E no inferno, erguendo os olhos, estando em tormentos, viu ao longe Abraão, e Lázaro no seu seio.

24 – E ele, clamando, disse: Pai Abraão, tem piedade de mim, e manda a Lázaro que molhe na água a ponta do seu dedo e me refresque a língua, porque estou atormentado nesta chama.

25 – Disse, porém, Abraão: Filho, lembra-te de que recebeste os teus bens em tua vida, e Lázaro somente males; e agora este é consolado e tu atormentado.

26 – E, além disso, está posto um grande abismo entre nós e vós, de sorte que os que quisessem passar daqui para vós não poderiam, nem tampouco os de lá para cá.

27 – E disse ele: Rogo-te, pois, ó Abraão, que o mandes à casa de meu pai.

28 – Porque tenho cinco irmãos; para que lhes dê testemunho, a fim de que não venham também para este lugar de tormento.

29 – Disse-lhe Abraão: Eles têm Moisés e os profetas; ouçam-nos.

30 – E disse ele: Não, pai Abraão; mas se algum dos mortos fosse ter com eles, arrepender-se-iam.

31 – Porém Abraão lhe disse: Se não ouvem a Moisés e aos profetas, tampouco acreditarão que algum dos mortos ressuscite.

Além dos horrores da guerra, as notícias da época falavam das duras penas sofridas pelas camadas ricas e abastadas da Hungria, que tiveram de se submeter à sanha da população estressada e faminta. Considerando-se que as guerras dão testemunho da imperfeição humana e têm sua origem no egoísmo, na ambição e no orgulho do homem, Humberto de Campos aproveitou e correlacionou o tema com a parábola cristã, na qual o mau rico representa o agente do desequilíbrio social. Faz sentido o alerta com que Humberto de Campos finalizou a sua crônica, dirigindo-se aos homens ricos do mundo: *Homens ricos e poderosos que vos banqueteais sobre a miséria de Lázaro, escutai, se tendes ouvidos, a palavra dos profetas.*

BACIA DE PILATOS
(1923)

Numa narrativa fictícia, Humberto de Campos ouve o abade Fortunato, que lhe diz num tom conselheiral: — *O martírio, meu filho, é que eleva o homem, dando-lhe conhecimento do mundo. Sem sofrimento não há perfeição. A Bondade é água pura; mas a Dor, só ela, ela só cristaliza a água, tornando-a diamante.*

Os dois, de pé, à porta de humilde templo cristão, olham a *agonia melancólica daquela tarde*.

O sol se despede, deixando estrias vermelhas nas nuvens baixas, sobre o colo do horizonte. O religioso volta-se para o interior da igrejinha, *onde as últimas claridades do dia convergiam, num feixe, sobre a imagem do Crucificado*, e arremata:

— *Só daquela altura, meu filho, é que se pode ver, de olhos limpos, a grandeza e a miséria do mundo!*

Nesse momento, vindas do alto da torre, soam as doces pancadas da Ave-Maria, e os dois se ajoelham...

CARVALHOS E ROSEIRAS

(1923)

Fazendo um estudo crítico sobre um poderoso, popular e controvertido chefe político do Pará, ora louvado, ora atacado, Humberto de Campos lhe atribui o medo de *Ter a sua memória enterrada com o seu corpo*. Curiosamente, esse era o mesmo medo do escritor maranhense. Essa ideia angustiava-o, ainda mais vendo o tempo passar sem conseguir materializar o seu maior sonho: deixar uma obra literária de vulto, um grande romance, que o fizesse lembrado depois que partisse da Terra. Em mais de uma oportunidade, ele se refere a essa preocupação. Em vida, Humberto de Campos não conseguiu concretizar seu sonho literário. Mas fez mais e melhor quando, depois da morte, uniu-se ao médium Francisco Cândido Xavier, e, juntos, produziram uma das suas melhores obras, *Boa Nova*. Os três anos da pregação de Jesus são narrados à maneira de romance, com precisão e beleza. Com a continuidade natural da vida no Além, o escritor pôde satisfazer o seu grande desejo literário e sentiu pulsar, no Espírito vivo, as lembranças sinceras dos seus inumeráveis leitores.

O MONSTRO E OUTROS CONTOS
(1932)

No criativo e imaginoso conto O Monstro, Humberto de Campos traça a fantasia do que teria sido a Criação, na *infância maravilhosa da Terra*. As duas personagens da história (a Dor e a Morte), *de onde vinham, nem elas próprias sabiam*, vagavam, *olhando, sem interesse, as maravilhas da Criação*. (...) *As coisas todas se arrepiavam, tomadas de agoniado terror* à simples aproximação *das duas inimigas da Vida*. Criado o Homem, a Dor e a Morte passaram a acompanhá-lo.

Baseado nessa dualidade proposta pelo escritor – homem versus dor e morte –, fiz as seguintes reflexões:

O amor é o mestre da vida. Quando suas lições não são ouvidas, ele se afasta e toma o seu lugar a mestra substituta: a Dor. Por ser mais objetiva nos seus intentos, a Dor é geralmente atendida. A Dor é a confidente da alma.

A Morte é sócia leal da Vida. Acompanha-a desde o início e não a importuna nunca, embora estando sempre por perto. A fragilidade da Vida dá à alma certa sensação de insegurança, que a faz ter sentimento de oposição à Morte, temendo-a e querendo-a sempre longe. Mas a Morte não é um mal, pois foi planejada por Deus para ser complemento da Vida. A Morte sabe sempre o momento em que deve se apresentar, não se atrasa nem se antecipa. Em muitos casos, ela atua só depois que a Dor passou à alma as lições necessárias.

A Dor e a Morte não agem nunca por conta própria; recebem o comando das leis divinas, que regem a Vida e que estão, perenemente, a serviço do Espírito imortal.

OS PÁRIAS
(1933)

Humberto de Campos faz uma visita ao Asilo de São Luiz, no Rio de Janeiro, uma casa que abriga 303 velhinhos, vivendo *de donativos particulares e da piedade cristã de alguns homens abnegados.* Convive com eles por duas horas e conhece *aquela casa da renúncia e da saudade, escutando em lábios murchos segredos de existências que se extinguem, lendo em olhos que se apagam a tragédia dos sonhos mortos.* O contato com os velhinhos cala fundo na alma do escritor e o faz refletir sobre a futilidade das coisas do mundo. Vê, diante de si, na figura daqueles seres confinados, o exemplo que servirá de corretivo, aqui fora, para os orgulhosos, os ambiciosos, os arrogantes que desconhecem o seu Destino. É nesse estado de espírito que diz: *Não se faz mister abrir uma cova para, espiando a morte, conhecer o engano da vida.*

Esse pensamento me leva a meditar sobre as pessoas que dependem de um "susto" da Morte para refazerem os caminhos da Vida. A morte é temida e, quando se avizinha, põe o cérebro para trabalhar junto ao coração, fazendo surgir, dessa união, reflexões muito úteis para o Espírito, que, então, busca tomar novas decisões. Em muitos casos, ainda dá tempo de agir.

Nem sempre a criança, e, mesmo, o adolescente, – afirma Humberto de Campos – *leva para a idade adulta os hábitos maus de que se ressente. As virtudes definitivas nascem com as noções da responsabilidade. Um mau menino pode vir a ser um varão virtuoso. Uma criança exemplar degenera, muitas vezes, num indivíduo nocivo à sociedade.*

Quem, enquanto criança ou adolescente, não cometeu pequenos "crimes" que, na expressão de Humberto de Campos, ainda *eram apenas pecado*? Que pais não se preocuparam, e com razão, ao ver esses "pecados" se repetirem com frequência, e temeram "perder" os filhos?

Humberto, que passou por *tristes lições da vida*, considera que *entre os quatorze e os vinte e dois anos operam-se revoluções profundas na alma humana*. Essa foi a experiência vivida por ele, e também por muitos indivíduos que tiveram um princípio de vida turbulento, mas que mudaram o comportamento a partir da juventude, fazendo desaparecer as preocupações dos pais.

É pelo conhecimento do erro que se consegue, muitas vezes, distinguir e venerar conscientemente a virtude, pondera Humberto de Campos. No caso dele, felizmente, aconteceu assim.

MEMÓRIAS
(1933)

No capítulo *Eu*, do livro *Memórias*, Humberto de Campos narra breves episódios da sua primeira infância, de que se lembrava ainda, considerada do nascimento à morte do pai, quando ele contava seis anos. Diz ter sido um menino *casmurro* e *antipático* e que, talvez por isso, não recebia a atenção e o carinho que os adultos dedicavam às outras crianças. Retraía-se, alimentando tristeza e rebeldia.

Num belo trecho de autêntica avaliação psicológica que faz desse período infantil, a certa altura, Humberto diz: *A ideia que tenho, assim, hoje, é de que, nessa idade em que se faz provisão de beijos para a vida toda, cercava-me uma atmosfera de prevenção ou de desprezo, que me doía e revoltava.*

Humberto de Campos não poderia ter sido mais preciso e oportuno ao lembrar, com o próprio exemplo, a necessidade que têm as crianças das doses permanentes de afeto, principalmente dos familiares. O efeito desse remédio afetivo, administrado com amor e, conforme a necessidade, com energia também, continuará agindo no adulto de amanhã. A atenção e o carinho que se dá a uma criança é investimento moral para o futuro.

Em meio aos cajueiros, coqueiros, morros de areia e banhos de rio, insuflado pelos ventos costeiros e tostado pelo sol ubíquo da grande região do nordeste brasileiro foi que Humberto de Campos forjou sua personalidade livre, temperada com o vinagre da ociosidade.

Na infância e adolescência, viveu ao sabor da índole irrequieta, e, como ele mesmo diz, *sobraram, em todo o caminho, espetáculos e figuras destinados a atrofiar o meu espírito, a corromper meu coração, a anular, em suma, todos os impulsos nobres do meu ser.*

Em *Memórias*, Humberto volta ao assunto já tratado antes em *Os Párias* e explica, no prefácio, a razão principal de ter escrito a obra: *Visa, sobretudo, este livro, dizer aos pais que não desesperem dos seus filhos quando eles apresentarem, na infância ou na adolescência, inclinações para a ociosidade ou para o vício. Até os vinte anos, há dentro de nós, adormecida, mas pronta a despertar, uma alma que não conhecemos. É nessa altura que a estrada se bifurca, levando ao Paraíso ou ao Inferno.*

O escritor fala aí da sua própria experiência, e que se assemelha à experiência de muitas crianças e jovens que causam preocupações a seus pais, mas que, depois, aprumam-se, assumindo as responsabilidades perante a vida.

No caso de Humberto de Campos, sabe-se, a estrada escolhida não o levou ao Inferno.

Dentre as tantas atividades precárias e provisórias de que se ocupou Humberto de Campos na sua infância e adolescência, a que mais o cativou, aproximando-o da sua forte vocação para a literatura, foi a de tipógrafo. Ele mesmo confessou, paradoxalmente, com certo travo de amargor: *E foi na oficina que eu recebi, quase insensivelmente, esta paixão pelas letras, alegria e tormento da minha vida.*

Alegria porque lhe dava enorme prazer ao Espírito. Tormento porque o fazia escravo de uma paixão.

A mãe e os tios de Humberto de Campos adolescente se preocupavam com o seu futuro, fazendo o possível para livrá-lo da ociosidade, muito comum entre os meninos do lugar pobre onde viviam. Além da escola precária, não tinham com que ocupar o tempo, senão na rua, com brincadeiras nem sempre saudáveis. Quando Humberto, perigosamente, ameaçava fugir do controle, seus familiares tentavam ocupá-lo com trabalho. Foi assim que aprendeu a servir como caixeiro de loja, aprendiz de alfaiate, aprendiz de tipógrafo e outros serviços humildes.

Passado o tempo, Humberto de Campos adulto revelaria, nas suas *Memórias*, seu pensamento sobre a questão do trabalho: *Não obstante a humildade das funções, eu as desempenhava com alegria. Porque, como já disse em outra parte, para mim, tanto me encanta sentar-me na minha cadeira de acadêmico, forrada de veludo azul com frisos de ouro, como em um caixote de madeira, junto a um tanque, lavando garrafas. O que me seduz é a atividade, o trabalho, a ocupação das mãos e do espírito.*

Há, nesse texto, dois grandes ensinamentos morais: o da humildade e o do amor ao trabalho. O Espírito de André Luiz afirmaria mais tarde na "Agenda Cristã", pela psicografia de Chico Xavier: "Busque agir para o bem, enquanto você dispõe de tempo. É perigoso guardar uma cabeça cheia de sonhos, com as mãos desocupadas".

Naqueles tempos difíceis, os familiares mais próximos do menino Humberto, principalmente sua mãe, conheciam intuitivamente esta máxima e a aplicaram, protetoramente, como princípio de educação.

LAGARTAS E LIBÉLULAS
(1933)

Humberto de Campos narra com imaginação, sensibilidade e fino humor, numa bela crônica, como teria sido a entrada de José Jacques Cesário Joffre, um marechal de França, chefe do Estado-Maior Francês, na guerra de 1914, no plano espiritual.

Apesar de onisciente, Deus pede a Pedro informes sobre o que teria feito na Terra o marechal Joffre. Pedro, após consultar velhos livros, relata o dossiê do candidato ao Céu.

Deus, ouvindo, pondera: – *Esse Joffre era, então, um guerreiro... Marechal de França e guerreiro...*

– (...) *Guerreiro ilustre, considerado na Terra um dos maiores deste século*, arremata Pedro.

Mas, ao ver a divina hesitação estampada na face de Deus, Pedro traz novas notícias que ressaltam as façanhas humanas do pretendente, dentre as quais, as conquistas nos campos de batalha, sendo a mais exitosa a que levou o nome de *batalha do Marne*, em que sucumbiu muita gente.

A cada nova ponderação do Senhor, novos argumentos surgiam em defesa do marechal belicoso: *A sua pátria cobriu-o de bênçãos,* diz Pedro. *A sua nação venera-o. A Academia Francesa recebeu-o sem livros, em homenagem à obra formidável que escreveu com sangue, e com a ponta da sua espada.*

Porém, o Senhor, observando, no interesse de Pedro, ainda os velhos resquícios humanos, define, com amor, a sorte do marechal Joffre: – *Pedro, a justiça do Céu não se pode afeiçoar à justiça dos homens. O Paraíso não é dos que semeiam sofrimentos em nome das pátrias, mas dos que consolam, em nome de Deus. (...) O Céu não foi instituído para os que passaram na Terra cobertos de glória, admirados e festejados, mas para os que a atravessaram incompreendidos e humildes. Mais vale aos meus olhos quem dá um pão a um faminto do que quem dá uma cidade a um império.*

E, concluindo sua história, já cheia de pensamentos formosos, que colocou nos lábios de Deus, Humberto de Campos "O faz" dizer: – *Vieram ter ao Céu, acaso, contigo, Tibério e Sila, Pompeu e Augusto, imperadores cobertos de púrpura ou guerreiros cobertos de sangue? Não; vieram os pequenos e olvidados, os que sofreram com resignação e humildade, os que preferiram dar o seu sangue a derramar o sangue alheio.*

Enfim, uma autêntica lição evangélica do cético Humberto de Campos, um belo texto que bem poderia ser chamado de espírita.

CRÍTICA - 1ª SÉRIE
(1933)

O que nós achamos agora civilização não passa, talvez, de uma espécie de barbaria dourada. Que faz o índio? Trabalha na medida das suas necessidades. Que faz o civilizado? Trabalha, luta, atira-se a guerras de conquista, não apenas para obter o necessário, mas o supérfluo, que acumula egoisticamente com prejuízo dos seus semelhantes. Daí a vida sem cuidado entre os indígenas, a igualdade econômica entre eles e, entre nós, a fome de milhões de criaturas, a miséria, o roubo, os formidáveis dramas da consciência, resultado deste regime social em que se exige o jejum de classes inteiras para que um banqueiro possa, à noite, tomar o seu champagne, comer as suas trufas, e encher de ouro amoedado os seus enormes cofres de ferro!

Esse texto, apesar de escrito por volta de 1930, guarda muita atualidade. Mudou o cenário, os civilizados são os mesmos, e mesmo também é o enredo. O que Humberto de Campos denunciava em relação à conduta e aos costumes sociais daquele tempo se acentuou ainda mais nos dias de hoje, com o agravamento do egoísmo e da ambição sem medidas no coração do homem. Os índios é que, talvez, não sejam os mesmos, mais por conta da intromissão dos brancos em sua vida do que pelo seu impulso natural de progresso.

A vida social sem parâmetros morais cria muitas dificuldades ao convívio pacífico e saudável das pessoas, e a ausência de valores que inspirem respeito e acatamento só faz aumentar as desigualdades, que se multiplicam na mesma proporção em que o progresso cria necessidades novas, muitas delas artificiais. Precisará o homem convencer-se imediatamente da precariedade da vida física, embora seja com ela que se juntam as moedas morais que serão usadas para conquistar a paz e a segurança na vida espiritual.

Em matéria de religião, de ciência e de filosofia, eu nada afirmo e nada nego. Nem, mesmo, duvido. Sou um náufrago solitário e tranquilo, num rochedo do oceano. Espero.

Puro sofisma do grande escritor maranhense. Quantas vezes não o vimos tratar, em suas obras, destas três questões fundamentais da evolução humana? O que significa, então, essa frase? Não se pode entendê-la como desinteresse da parte de um escritor com a personalidade cultural de Humberto de Campos. Aos grandes do pensamento, é mais cômodo ficar alheio a tudo quanto escape ao seu entendimento do que dizer-se defensor de uma teoria que possa ser considerada absurda ou mesmo expô-los ao ridículo. A dúvida, como instrumento filosófico, foi uma constante na obra de Humberto de Campos, no que se refere ao seu posicionamento de cético. A dúvida em Humberto de Campos vinha da vaidade intelectual instrumentalizada pela ironia, que acaba envolvendo muitos escritores de gênio. O sentimento de superioridade intelectual costuma, em muitos escritores, fazê-los aplicar a "arma" do ridículo a tudo quanto escapa ao seu entendimento ou a tudo o que não querem entender. Segundo o próprio Humberto, o ridículo é a arma de ouro dos homens de pensamento.

CRÍTICA - 2ª SÉRIE
(1933)

Não há doenças; há doentes – dizem, hoje, os clínicos experimentados. O mesmo podem dizer os sociólogos. Não há problemas, isto é, enfermidades sociais ou políticas de caráter universal; há povos doentes do espírito ou do coração, retardados no sentimento ou no entendimento, e que devem ter, cada um, a sua dieta e o seu remédio.

Humberto de Campos repete, no trecho acima, o antigo conceito sobre doença, e que ressurgiu mais recentemente com força de mudança comportamental, com a medicina psicossomática, a Homeopatia, as práticas alternativas de cura, etc. Saber que as disfunções orgânicas ou emocionais provêm das carências do Espírito tem trazido avanços reais ao conhecimento e à saúde psíquica e física do homem na Terra. Assim também, as endemias sociais particulares a cada povo tenderão a desaparecer com o desenvolvimento moral do homem e das coletividades, que vivem suas provas ou expiações específicas exatamente como remédio para a sua cura.

Humberto de Campos mostra não desconhecer

o processo natural que levará o homem a curar-se das suas mazelas pelas vias do progresso moral e intelectual. Mesmo que suas considerações não tenham abrangido o enfoque espiritual propriamente dito, ele deixa claro compreender que a superação dos problemas humanos individuais e coletivos passa pela cura do Espírito, Espírito este que, naquele momento, Humberto ainda não aceitava como imortal.

SOMBRAS QUE SOFREM

(1934)

Respondendo a carta de uma leitora que lhe pede conselhos sobre assunto grave, Humberto de Campos, antes de indicar-lhe qualquer direção a tomar, mostra-se cauteloso em sua crônica-resposta, e diz: *As mãos estacam, trêmulas, no teclado da máquina. Há um destino, possivelmente, muitos destinos, dependentes da minha palavra.*

O escritor – famoso que era – tinha plena consciência do poder de influência que detinha sobre os seus leitores e da força da palavra como meio de indução. E, por isso, escrevia com muita responsabilidade. Sabia também que, bem provavelmente, a consulente seguiria, confiante, os passos que a sua orientação lhe indicasse.

E, só depois de consultar o próprio coração, esmiuçando o problema de forma sensata, respondeu à leitora aflita.

✒

Uma tragédia: um pai entra no quarto e surpreende, dependurado na bandeira da porta, preso pelo pescoço ao próprio cinto de estudante, o filho de quinze anos, morto. A dor causada pelo assombro transfigura o seu rosto transtornado. O mundo parece ter desabado sobre os seus ombros de pai. A cena não lhe sai do pensamento. Daquele dia em diante, vagueia de porta em porta buscando o conforto dos amigos.

E chega à porta do escritor famoso: – *Humberto, tem piedade de mim!...*

Humberto de Campos aperta aquele pai desesperado *num grande abraço fraterno, de encontro ao coração*. E oferece-lhe o ombro e a palavra amiga.

Relatando este drama na crônica diária, o escritor se dirige ao pai lamentoso reafirmando o valor da vida que continua para ele, e o aconselhando a espelhar-se na força moral da sua esposa, mulher e mãe, que deve estar sofrendo mais que ele e, no entanto, tem enfrentado com heroísmo resignado e silencioso a provação *do golpe incomparável* de perder um filho.

– *Tenho sofrido contigo, José* – consola Humberto de Campos ao pai, com sinceridade cristã, revelando-se assim um verdadeiro irmão, cheio de sentimento e solidariedade.

Após narrar certo drama familiar ocorrido no Rio de Janeiro e estampado nos jornais, envolvendo devotamento e abnegação entre seus membros, Humberto de Campos elogia a *capacidade de renúncia do coração brasileiro*, e reproduz, para realçar a força do sentimento, a frase de um escritor católico: *O cérebro perdeu o mundo no século XIX; o coração salvá-lo-á no século XX.*

A seguir, Humberto faz um "vaticínio": *E como o Brasil tem corações como esses (...), caber-lhe-á, forçosamente, um grande e formoso papel na redenção do mundo que se prepara nos misteriosos laboratórios do século.*

Essa curiosa "profecia" do escritor maranhense sobre o destino do Brasil e seu povo foi, mais tarde, reafirmada e detalhada no seu livro *Brasil, Coração do Mundo, Pátria do Evangelho*, psicografado por Chico Xavier, em 1938.

Quanto ao acerto da profecia de Humberto de Campos é preciso aguardar o tempo. No entanto, o que se pode fazer já, com certeza, é corrigir a frase do escritor católico: "O cérebro perdeu o mundo nos séculos XIX e XX; o coração salvá-lo-á no século XXI". É o que se espera.

Mãe, ensina, desde cedo, o teu filho a orar. Tome-o pela mão, junte-o a si, e dirijam-se os dois a Deus, com fé e ternura. Faça-o sentir, mãe, desde logo, as alegrias espirituais da prece que reconforta e dá saúde à alma. Não espere que o tempo e as aflições da vida o chamem a esse dever sagrado, pois ele poderá, então, não ouvir a esse chamado, distraído que esteja com as coisas do mundo. Crie nele, agora, o hábito precioso de conversar com Deus, o Criador, diariamente.

Faça como a Maria do Carmo, esposa jovem e humilde de um humilde e bravo bombeiro, na história narrada por Humberto de Campos.

Informada pelo filho pequeno, que ouvira notícias sobre um terrível incêndio na cidade, em plena área de atuação do esposo, Maria do Carmo não perde tempo, toma a mão do filho, e, juntos, dobram-se defronte do oratório. Habituara-o à prece fervorosa sempre que uma notícia pressaga chegasse até eles. Como naquele exato momento em que, aflita, pede o concurso do filho em prol do pai em perigo:

– *Pede, meu filho, pede... Pede a Nossa Senhora para proteger teu pai...*

Carmen Cinira (1902-1933), a poetisa carioca que voltou do Além para ditar poemas a Francisco Cândido Xavier, foi contemporânea de Humberto de Campos. O escritor de *Sombras que Sofrem* esteve com a jovem em três circunstâncias. A primeira se deu quando um pequeno grupo de moças poetisas e declamadoras visitava a *Academia Brasileira de Letras*. Recebidas por alguns acadêmicos, dentre eles o poeta Olegário Mariano, que, aproveitando a passagem de Humberto de Campos, o detém. Humberto descreve assim o encontro:

Olegário me deteve, ruidoso e gentil:

– Vem cá... Eu quero apresentar-te uma pessoa que te admira muito...

Chamou:

– Cinira... Vem cá!

Era uma linda moça, quase menina.

Em outra ocasião (...) fomos apresentados de novo, na livraria Freitas Bastos. Conversamos. A moça que eu via não era, porém, a mesma. As rosas da face, naturais outrora, eram agora de papel. Havia alguma coisa de desânimo, de desencanto, na sua pessoa e nas suas palavras. (...) E outra vez nos separamos.

Até que há um ano, nos falamos pela terceira e última vez. Foi, ainda, na livraria. Nova apresentação. Mas a menina de há oito ou nove anos havia, nela, desaparecido. (...) Palestramos dez ou quinze minutos. A sua existência, que fora um roseiral, era, agora, um deserto. (...) A tuberculose minara-lhe os pulmões, envelhecendo-lhe o corpo jovem.

Há dias, noticiaram os jornais, em linhas ligeiras, a morte da poetisa Carmem Cinira.[5] Duas ou três pequeninas crônicas vieram depois. E nada mais. Eu quero, porém, deixar-lhe aqui, por minha vez, estas palavras de respeito, de pena e de saudade.

Humberto de Campos deixou, em crônica, notas interessantes sobre a adesão de Carmen Cinira ao Espiritismo e detalhes colhidos na época do seu falecimento: *Carmem Cinira, viúva aos vinte anos, enfermeira devotada do esposo tísico, sentiu que se achava condenada à morte na plena glória da juventude. E voltou-se, de repente, para a outra vida. Dedicando-se ao espiritismo, procurou, nele, a consolação, o conforto. Caminhou para o túmulo, dizem-me os seus íntimos, quase feliz, e com uma*

---

5 O texto de Humberto de Campos registra o nome da poetisa com M, Carmem. Em sua produção poética, ela usa o N no final, Carmen.

grande doçura de coração. (...) A sua alma havia-se tornado, de há muito, profundamente religiosa.

Conta Humberto de Campos que, no dia de sua morte, Cinira manifestou seus últimos desejos, dizendo: – *A morte não tarda... Quando ela chegar, não quero mortalha fúnebre... Vistam-me um dos meus vestidos brancos... Se não encontrarem envolvam-me num lençol... O meu caixão deve ser de pobre, de terceira classe... Não desejo lágrimas, nem missas, nem orações... Quero, apenas, que, os que me quiserem bem, se concentrem, e pensem em mim...* Horas depois, no êxtase da morte, após ter visto o Espírito do pai, que viera buscá-la, balbucia num arrebatamento: – *A vida é um cárcere... A morte é a liberdade!...* E Humberto de Campos finaliza o seu texto com muita emoção: *Uma pequena rosa de sangue veio-lhe, mais uma vez, à boca miúda. Os presentes ajoelharam-se. Estava morta.*

Em sua crônica de ficção intitulada *O país das sombras felizes*, dentre as fantasias que engendra, com humor irreverente, sobre as relações entre mundos e humanidades no Universo, Humberto de Campos acaba expondo vários princípios e ideias defendidos pelo Espiritismo. E como cita, no corpo do texto, a figura de Camille Flammarion, tem-se a impressão, ou mesmo a certeza, de que o autor maranhense propõe fazer uma paródia literária com os escritos do famoso astrônomo espírita francês.

Mesmo com a intenção de apenas divertir o leitor, Humberto de Campos acaba tratando de assunto sério como a transmigração dos Espíritos pelos variados mundos, fazendo referência ao estudo "A pluralidade dos mundos habitados", de Flammarion.

Pode-se ler nesta crônica a viagem do Espírito no tempo e no espaço; a ideia de prêmio ou castigo relacionados aos atos das vidas anteriores; a noção de superioridade ou inferioridade dos Espíritos; a desencarnação individual e coletiva; a marcha do Espírito rumo à perfeição; o conhecimento do passado e do futuro, condicionado ao aperfeiçoamento do Espírito; a reencarnação; a desencarnação descrita como o despir-se de um invólucro, etc. E o mais interessante é que Humberto de Campos conduz o fio de toda a crônica baseado no fenômeno do expurgo do Sistema Capela, que, no texto, tem o estranho nome de Ptschalstockiora, e que ele chama de *País das Sombras Felizes*.

Depois de tudo isso, assim termina a crônica de Campos: *A inquietação humana que se observa, hoje, em todo o mundo, tem, finalmente, uma explicação. Ela denuncia, apenas, a saudade, que sentem as sombras felizes, da sua passagem por Ptschalstockiora.*

Fala-se popularmente que, mesmo brincando, se diz muitas verdades. É o caso dessa crônica ficcional de Humberto de Campos publicada no seu livro *Sombras que sofrem*.

Humberto de Campos ouve a história de Silvério, um viúvo desconsolado que, há 14 anos, perdeu, vítima de pneumonia, a jovem e pura esposa, de quem sente muita falta, não se conformando em ver que os bons partem deste mundo e ficam nele os que causam escândalos. Então, o cronista, meditando *sobre a fragilidade da inteligência humana ao interpretar os editos do Destino ou os altos desígnios de Deus*, pondera a Silvério: *Consideras-te desventurado, e perguntas por que motivo o céu te levou, tão cedo, a tua Dulce. Reflete, entretanto, com sabedoria, e encontrarás, sem custo, consolo para o teu coração. És feliz, e ignoras que o és.*

Tua Dulce era linda e pura, dizes. (...) *E sabes tu, acaso, se a tua Dulce, ficando dentro da vida, não teria o mesmo destino* desses que provocam escândalos, *de modo a tornar-se, hoje, em vez de objeto da tua saudade, a causa da tua vergonha?*

Impossível, pelo menos aos espíritas, ler estes conselhos de Humberto de Campos e não se recordar das orientações do Espírito de Sansão, no capítulo V de "O Evangelho Segundo o Espiritismo": "Criaturas humanas, (...) o bem está, muitas vezes, onde pensais ver a cega fatalidade. Por que medir a justiça divina pela medida da vossa? (...) A morte prematura é quase sempre um grande benefício que Deus concede ao que se vai, sendo assim preservado das misérias da vida, ou das seduções que poderiam arrastá-lo à perdição".

E, para finalizar a instrução ao viúvo Silvério, Humberto vem com essas palavras: *Tranquiliza, assim, o teu coração, e confia na sabedoria do Destino, que é grande, e na de Deus, que é eterna.*

As lições de Sansão e as instruções de Humberto de Campos são idênticas.

Já em 1934, havia quem denunciasse o tráfico de espécies da nossa fauna, trocadas por mercadorias a bordo de navios alemães e ingleses aportados na costa nordeste do Brasil.

Humberto de Campos felicita a iniciativa de alguns colégios do Rio de Janeiro em comemorar o "Dia das Aves", *no qual manifestarão o seu amor e a sua proteção a essas pequenas irmãs de asas.*

O alçapão, a arapuca, e a espingarda, despovoam matas e sertões, diz o escritor. E, depois de exaltar as aves e seus defensores, e denunciar seus mercadores sem alma, entra com entusiasmo juvenil na campanha, conclamando a garotada: *Congreguem-se, pois, as crianças do Brasil todo, e reparem, na sua bondade inteligente, os malefícios que eu, e os meninos do meu tempo, fizemos aos pássaros. Declarem guerra à gaiola. Condenem à destruição os viveiros. Lancem à água, onde as encontrarem, as espingardas de caça. Vaiem os caçadores.*

Ao final, o cronista transforma o manifesto-denúncia em pura poesia: *Cada ave com as asas estendidas é um livro de duas folhas, aberto no céu. Protejamos esse livro. E aumentemos, com essa proteção, a miúda biblioteca de Deus.*

Humberto de Campos não era uma pessoa expansiva, e pode-se dizer que fosse um misantropo, jeito este que dizia vir por conta da sua timidez. O certo é que, *temendo sempre aborrecer os outros*, não tomava nunca a iniciativa de se aproximar das pessoas, e acabava se passando por orgulhoso. Apesar disso, o que não lhe faltava era o espírito de humor, que usava sempre com oportunidade.

Reencontrando um dia, no Rio de Janeiro, trinta e cinco anos depois, sua antiga professora de quando menino em Parnaíba, dona Sinhá Raposo, a velha mestra pergunta-lhe:

– *Humberto, que é que você faz aqui no Rio?!*

O ex-aluno responde irônico:

– *Nada, minha mestra; eu sou deputado... E a senhora?*

E a conversa continuou nas trivialidades, regada a bom humor e muita saudade.

A Parábola do trigo pobre, crônica publicada em *Sombras que sofrem*, poderia perfeitamente fazer parte de qualquer um dos livros espíritas de Humberto de Campos/Irmão X, ditados ao Chico Xavier, tal a beleza do fundo moral, altamente instrutivo. Reproduzo o texto, de forma condensada, para que o próprio leitor avalie.

E Jesus falou desta maneira:

— Um homem rico de Sichém possuía boas terras, e entregou-as a dois lavradores de Jesrel, que deviam lavrá-las. Mandou que lhes dessem dois sacos de sementes, prometendo-lhes ir assistir à colheita. O servo que guardara as sementes era, porém, perverso de coração, e, para proteger um dos lavradores, deu-lhe um saco da melhor semente do celeiro, e, para prejudicar o outro, não lhe deu senão semente murcha, de trigo pobre. Cada um dos lavradores tomou conta da terra que lhe era destinada, e preparou-a, e nela semeou. Chegado o tempo da ceifa, o homem rico de Sichém foi ver as terras lavradas. A do lavrador que havia recebido boa semente estava toda coberta de espigas, demonstrando prosperidade. A do outro, que havia recebido sementes murchas e pobres, apresentava a metade da colheita do seu vizinho.

À chegada do homem rico de *Sichém*, o primeiro lavrador foi ao seu encontro, e disse:

— Vê como eu trabalhei a tua terra, e dize-me se não estás contente comigo. Cada grão de trigo foi multiplicado por mil. E isso te prova o ardor do meu esforço e o prestígio da minha mão.

O outro lavrador aproximou-se, também, por sua vez, e disse ao homem rico de Sichém:

— *A minha seara, senhor, não é tão rica, mas sempre te oferece alguma coisa. Vê as sementes que me deram. Eram todas murchas e pobres. Consegui, entretanto, que elas pro-*

duzissem, e delas obtive, pelo menos, trigo para um pão.

O homem rico de Sichém examinou as sementes com que haviam trabalhado os dois lavradores. E disse ao primeiro:

– Deves ser louvado, porque aproveitaste a boa semente, e a fizeste frutificar. O Senhor Deus te abençoará.

Voltou-se, então, para o segundo, e disse:

– Tu, porém, deves ser, mais que ele, abençoado, e louvado, pois foi maior o teu esforço, e, produzindo menos, conseguiste mais. Porque, extraordinário não é que o lavrador tire muito trigo da boa semente; mas que tire algum trigo da semente murcha e sem préstimo. Tu és mais digno da minha confiança do que o teu vizinho, porque, enquanto ele fazia muito, ajudado de tudo, tu, desajudado de tudo, fazias alguma coisa. A ti, pois é que eu entrego as minhas terras porque és tu, na verdade, o melhor lavrador!

Contada essa parábola, Jesus deu o seu sentido:

– Meu Pai, que está nos Céus, é como o homem rico de Sichém. Aos seus olhos, o que melhor trabalha não é aquele que vai semear a sua palavra entre os bons, que já o são pela sua natureza, mas os que a fazem frutificar entre os rústicos, tirando alguma coisa do nada. E Ele abençoará quantos, na Terra, façam o milagre do lavrador que, com a semente pobre, deu algum trigo ao homem rico de Sichém!

Disse isso, e afastou-se (...).

À SOMBRA DAS TAMAREIRAS

(1934)

Tendo a cidade de Bagdá sido infestada pela peste, o califa Mansur, seu soberano, encontrava sérias dificuldades para debelar o mal que devastava o seu povo. Seu médico de confiança, mesmo cercado de renome pelos grandes feitos na ciência de curar, não conseguia aplacar a epidemia que ceifava vidas aos milhares.

Diante do quadro assustador, o famoso médico propôs ao chefe árabe que chamasse um seu colega, doutor em Jerusalém, que conseguira já eliminar com sucesso a mesma peste em várias cidades onde fora chamado a contribuir com a sua ciência.

— *Recorrer a um judeu para salvar muçulmanos?* — bradou indignado o califa. — *Seria duvidar da onipotência e misericórdia de Alá!*

Mas, como o mal se agravasse dia a dia, despovoando ainda mais a cidade, o médico do soberano árabe lhe faz, humildemente, uma nova proposta:

que o colega israelense se converta ao islamismo e venha, com seu segredo de médico sem igual no mundo, salvar Bagdá. A ideia da conversão do judeu se sobrepôs ao escrúpulo religioso do califa, e ele concordou, pensando na salvação de seu povo.

Envia-se um emissário, que, após contato com o maior médico de Israel, traz a resposta: *Salvarei Bagdá com uma condição: que respeites a minha fé, como eu respeitarei a tua e a daqueles a quem levar o remédio da minha ciência.*

O califa Mansur, ao ouvir o recado, teve um acesso de cólera, controlado a custo pelos argumentos mansos e ponderados do médico amigo, que o fazia ver que Bagdá perecia, o comércio da cidade enfraquecera, e o pior: o próprio califa caíra doente. Diante da catástrofe que punha em risco não só o povo, mas o califado e o próprio Islã, o soberano Mansur aceitou que se mandasse vir, a Bagdá, o doutor judeu.

E, vindo de Smirna, onde se encontrava, o médico judeu salvou Bagdá e restituiu a saúde ao califa árabe. *E este viu, com espanto, que o homem que ele tanto temia era manso e doce, diferenciando-se de um muçulmano unicamente porque o seu Deus tinha outro nome.*

Neste belo conto, que resumi à sua essência, Humberto de Campos fez, simbolicamente, aproximarem-se árabes e judeus, por laços pacíficos e fraternos. E os ingredientes fundamentais dessa aproximação foram o respeito mútuo e a tolerância. Já em 1934, o escritor maranhense propugnava pela paz entre judeus e árabes, mostrando que, a começar pela fé, os dois povos poderiam perfeitamente conviver fraternalmente, superando o orgulho e a insensatez que estão na base deste conflito que persiste há mais de oitenta anos, com ódio sempre renovado de ambas as partes. Afinal, o Deus é único, com nomes diferentes. E os homens são todos iguais perante o mesmo Deus.

REMINISCÊNCIAS

(1935- Póstuma)

Humberto de Campos prezava os amigos verdadeiros, a quem não economizava elogios sinceros, sabendo-lhes reconhecer as qualidades autênticas.

Do amigo Gregório Fonseca, acadêmico como ele, diz: (...) *sendo um formoso espírito e um nobre caráter, era uma das maiores almas, e um dos mais belos corações que tenho encontrado no meu caminho.* (...) Não guardava rancores. Ofendido, procurava, pela bondade, desarmar o *ofensor. Pagava o mal com o bem.*

De Alberto de Oliveira, outro amigo da Academia, poeta famoso, descreve: *Jamais teve, em toda a vida, um inimigo. Jamais escreveu uma perfídia contra alguém. Jamais exprimiu um sentimento de inveja.*

E assim fez com muitos outros que lhe mereceram a amizade.

Só os grandes Espíritos como Humberto de Campos sabem identificar, no próximo, qualidades que talvez não reconheçam em si próprios.

Os homens nascem, vivem, e morrem, como os dias, diz Humberto de Campos numa de suas crônicas.

E, se fosse um pouco mais além, poderia ter complementado: "E os dias, nublados ou cheios de sol, **renascem** como os homens, para cumprir uma nova jornada".

~

É pelo sofrimento que se chega à Sabedoria e à Verdade. Ninguém com mais autoridade que Humberto de Campos para propor esse conceito. O sofrimento foi sua maior alavanca de progresso. Lutando ombro a ombro com a dor, quis provar a ela que não se deixaria vencer, e quanto mais sofria mais trabalhava e mais tentava compreendê-la. Com esforços descomunais, acrescentou conhecimentos novos aos que já trazia latentes de outras vidas, tratando sempre com o bom humor habitual os golpes que a vida lhe acertava.

A resistência que o caracterizava levou um de seus médicos a dizer-lhe, certa feita: *O senhor é dotado de uma energia moral assombrosa!*

Essa mesma energia moral que não o deixava dobrar-se a nada, que o fez resistir à dor enquanto pôde, sem dúvida acrescentou valores à sua vida.

Mas o conceito que emitiu sobre o sofrimento só fez sentido real para ele depois da morte do corpo, quando compreendeu a sua significação no processo de evolução do Espírito eterno.

SEPULTANDO OS MEUS MORTOS

(1935-Póstuma)

A última crônica em vida de Humberto de Campos foi escrita, segundo depoimento do seu filho Humberto, sete dias antes da sua morte. E levou o nome do mais querido amigo que teve na Terra, a quem chamava "mestre", e que havia acabado de falecer: Coelho Neto.

A última homenagem de Campos àquele que considerava o maior romancista da época foi tecida de recordações, num texto cheio de saudade do amigo e compadre. Os longos anos de convivência e estima recíproca são revividos por Humberto de Campos, desde o primeiro encontro em 1912, na casa de Coelho Neto, quando este, com sua esposa, dona Gabi, recebeu-o muito atenciosamente. O carinho da recepção comoveu o então jovem escritor maranhense.

Desde então, tornaram-se comuns os jantares na casa da família Neto, aos quais Humberto de Campos comparecia, e dos quais também participavam com frequência outros escritores, todos compartilhando a amizade, a conversa e a cultura do anfitrião.

A partir daquele primeiro encontro, as duas famílias jamais se separaram. Neto e Gabi foram testemunhas do casamento de Humberto e Catarina, bem como padrinhos do primeiro filho destes, Henrique, nome que homenageava o amigo, Henrique Coelho Neto.

Em certo ponto da crônica emocionada, Humberto de Campos diz: *Ao publicar o meu segundo livro de versos, o seu nome figura na primeira página. Ao pronunciar o meu discurso de posse na Academia, cujas portas ele me abre com o seu prestígio, lá está a referência à sua pessoa e à sua obra. Não o deixo nunca. Não o esqueço nunca. Na Academia, ficam juntas as nossas cadeiras. (...) E tudo isto, em vinte e dois anos, sem um ressentimento, sem uma dúvida, sem uma queixa!*

Oito dias após a partida de Coelho Neto, era ele, o próprio Humberto de Campos, quem se despedia do mundo.

Humberto de Campos narra três histórias de mães que, ao perderem seus filhos, transformam o imenso amor que sentiam por eles em comportamento insano, marcado pela dor. Faziam elas visitas longas e diárias aos seus túmulos, chegando antes de se abrirem os portões do cemitério e dando trabalho aos porteiros para fechá-los.

Ao final das narrativas pungentes, Humberto deixa uma pergunta: *Que dirão os filhos mortos, (...) ao verem, do Reino das Sombras, que as mães, que deixaram na Terra, ainda os amam assim?*

Na ausência da resposta do escritor, ouso sugerir uma que, entendo, os filhos desencarnados poderiam dar às mães que muito amam e que lhes faria imenso bem ao Espírito:

"Minha dedicada mãezinha, meu coração agradece a intensidade do teu amor por mim, que se manifestou sempre, em todos os momentos da minha vida junto a ti. Sei que é sincero e que não há, na Terra, nada que se compare a este sentimento, o de mãe. Todavia, mãezinha, as lágrimas quentes que deslizam pelo teu rosto triste chegam até mim, já frias, enregelando meu coração saudoso. Estarei melhor se tornar a ver, na tua face lívida, o sorriso antigo, que, por certo, a fará mudar de cor. Vivo ainda e viverei, e torço para que te recuperes, cheia de esperança e resignada, compreendendo a vontade soberana de Deus."

UM SONHO DE POBRE

(1935-Póstuma)

Humberto de Campos se afirmava descrente, no entanto, todas as vezes que religiosos ou místicos lhe vieram propor algum tipo de tratamento, ele se confiou aos proponentes, ainda que com reservas. Era comum se aproximarem dele astrólogos, quiromantes, padres, espíritas, médiuns, oferecendo ajuda para o seu estado de saúde ou querendo induzi-lo a aceitar alguma fé.

Mais de uma vez, fizeram-lhe previsões de que seria rico, um dia. Certa ocasião, estando no palácio do governo, em Belém, como repórter da Folha do Pará, ouviu do Dr. Picanço Diniz, então secretário da Fazenda daquele Estado, um prognóstico:

– *Menino, você sabe que há de ser muito rico?*

O homem, observando e achando curiosa a mão do jovem repórter, tomara-a para ler os seus traços. Ouvindo aquilo, Humberto sorriu e disse alguma coisa que expressava dúvida e indefinição...

– *Não, retrucou Picanço Diniz; – a sua fortuna não*

é para agora; é para o fim da vida... Primeiro, terá que sofrer muito, que vencer muitas dificuldades; mas, depois, virá a fortuna...

Essa fortuna jamais chegou para Humberto de Campos. Mais tarde, ele diria numa crônica publicada no livro Um sonho de pobre: *Vinte e quatro anos rolaram, já, sobre essa leitura amável das linhas das minhas mãos, (...) Por mais de uma vez (...) me lembrei da profecia do secretário da Fazenda do Pará. E confesso que, quase sempre, essa lembrança foi, para mim, uma espécie de bastão que me fosse oferecido pela Esperança. (...) Ela me aliviou, em parte, as dores da marcha. A esperança do repouso tornou mais suportável o tormento da realidade.*

Vemos que o escritor, apesar de cético, nutriu, durante longos anos, uma vaga esperança de que o *profeta gentil* pudesse acertar seu vaticínio. Em se acreditando na sinceridade do quirólogo, pode-se concluir que o objeto da profecia não era o dinheiro que tanto teria aliviado a trajetória de Humberto de Campos, mas a fortuna moral que, alguns meses depois da sua morte, começaria a receber como acréscimo ao seu Espírito através do conhecimento da realidade espiritual.

NOTAS DE UM DIARISTA - 1ª SÉRIE

(1935-Póstuma)

Conta Humberto de Campos que, por volta de 1921, os jornalistas elegeram S. Francisco de Sales, bispo de Genebra, como patrono da Imprensa. Essa escolha sempre lhe causou certa estranheza por haver tantos outros nomes mais eminentes, como Santo Agostinho, S. Tomaz de Aquino, S. Jerônimo, que poderiam bem representar a classe. Foi buscar a resposta, e um estudo ligeiro mostrou que, além de *amável homem de letras*, esse chefe de bispado tinha muitas virtudes, dentre elas, a da abstinência à mesa. Alimentava-se com extrema frugalidade e era dado a longos jejuns.

A história eclesiástica tem-no como muito humilde, casto e com forte domínio sobre si mesmo nas circunstâncias adversas. Uma característica que marcou sua vida de modo proeminente, segundo a pesquisa de Humberto de Campos, foi a de ter *o dom da adivinhação inconsciente*. Humberto relata: *Um dia, em Ancona, ao tomar um navio, ouviu uma voz interior que lhe recomendava não fizesse aquela viagem. O navio partiu sem ele, e naufragou. Outra vez, em Roma, ia entrar em uma casa, e deteve-se fora, como preso por uma grande mão misteriosa. Momentos depois a casa desabava, morrendo todos os seus moradores.*

Não se sabe ao certo se Francisco de Sales, como patrono dos jornalistas, tem atendido as suas dificuldades, mas ficamos sabendo, por Humberto de Campos, que o bispo era, sim, um autêntico médium, que tinha a faculdade *de escapar frequentemente dos mais terríveis perigos.*

O trabalho é penoso demais para que um homem, trabalhando honestamente, no sentido humano da palavra, realize com ele, facilmente, grande fortuna, afirma Humberto de Campos.

E, para reforçar essa ideia, cita Bordaloue (1632-1704), jesuíta e pregador francês: *Na origem de todas as grandes fortunas há coisas que fazem tremer!*

Esse assunto vem à baila na crônica de Humberto de Campos por conta da leitura de uma notícia de jornal que denuncia irregularidades em transações imobiliárias, numa operação milionária *envolvendo uma dezena de nomes ilustres nas finanças nacionais*, aqui no Brasil.

Humberto discorre sobre a *proveniência dos vastos patrimônios individuais*, acumulados geralmente através de artimanhas equívocas que envolvem a exploração, a especulação, o oportunismo velhaco, a extorsão...

Diante da notícia que leu e que despertou nele reflexões penosas sobre o comportamento moral dos homens, buscou, em contrapartida, no Evangelho de Mateus, capítulo 19-16 a 24, a *leitura santa e consoladora*:

16 – E eis que, aproximando-se de Jesus um mancebo, disse-lhe: Bom Mestre, que boas obras devo praticar para conseguir a vida eterna?

17 – E Ele disse-lhe: Por que me chamas bom? Não há bom senão um só, que é Deus. Se quiseres, porém, entrar na vida eterna, guarda os mandamentos.

18 – Disse-lhe ele: Quais? E Jesus disse: Não matarás; não cometerás adultério; não furtarás; não dirás falso testemunho.

19 – Honra teu pai e tua mãe; e amarás a teu próximo como a ti mesmo.

20 – Disse-lhe o mancebo: Tudo isso tenho eu guardado desde a mocidade; que me falta ainda?

21 – Disse-lhe Jesus: Se queres ser perfeito, vai, vende tudo o que tens, dá aos pobres, e terás um tesouro no céu; e vem, e segue-me.

22 – E o mancebo, ouvindo esta palavra, retirou-se triste, porque possuía muitos haveres.

23 – Disse então Jesus aos seus discípulos: Em verdade vos digo que dificilmente entrará um rico no reino dos céus;

24 – E outra vez vos digo que é mais fácil passar um camelo pelo fundo de uma agulha do que entrar um rico no reino de Deus.

E Humberto conclui o seu texto com muito bom senso: *Não combatamos, todavia, os ricos, unicamente porque sejam ricos; mas fiscalizemo-los, indagando por que é que eles o são. Porque, no dia em que eles, policiados pela crítica e pelos governos, se tornarem menos ricos, nós, os pobres, seremos menos pobres.*

Por que é difícil aos ricos entrar no Reino dos Céus? Por não estarem dispostos a viverem desprendidos da riqueza. E mais: por terem-na, em muitos casos, acumulado ilicitamente, concentrando fortunas e provocando, com isso, o desequilíbrio econômico e social. As exceções parecem ser raras, o que levou Humberto de Campos a arrematar com muito bom humor: *E consolemo-nos com a certeza de que, consoante a palavra do Cristo, através de Mateus, não os iremos encontrar, de novo, no reino dos Céus...*

Chamado há dias à presença do diretor da Penitenciária de Niterói, um detento de 105 anos de idade, e cuja pena só termina em 1935, recebeu a notícia de que lhe tinha sido concedida a liberdade condicional.

– Que é liberdade condicional?

– Quer dizer que você vai solto, mas fica sob a vigilância da Justiça, à qual terá que se apresentar todos os meses.

– Ah, então, não quero! – declarou o macróbio.[6] *– Prefiro ficar aqui até o resto da vida ou da pena.*

E erguendo a cabeça com altivez:

– Ou o homem é livre, ou não é. E eu quando sair daqui, se sair, quero me ir de uma vez!

Belas palavras, essas, – comenta Humberto de Campos – *de um homem que já viveu mais de um século, e prefere não ter nas suas mãos a liberdade, a tê-la mutilada!*

O cronista não vê nesse episódio o criminoso,

---

6 Macróbio: que tem idade muito avançada.

nem o julga quanto aos crimes que possa ter cometido. Vê-o simplesmente como o ser humano que as circunstâncias empurraram para trás das grades, e que já apreendeu o real sentido e o valor da liberdade, e que, por isso, não a aceita sob condições.

Solidário, Humberto endossa a atitude do preso centenário, e assevera: *A liberdade é o pólo para onde se voltam as agulhas do espírito humano. (...) Sem liberdade, pois, que vale a vida? (...) Não é livre quem tem a liberdade, mas quem sabe o que ela vale. E, sendo assim, o homem mais livre do Brasil é, hoje, esse velho de 105 anos, da Penitenciária de Niterói.*

Jesus de Nazaré não figura na história da literatura do povo hebreu, e não há, entretanto, onda mais alta que a da sua palavra nas correntes do pensamento universal.

Allan Kardec, na Introdução de "O Evangelho Segundo o Espiritismo", afirma que o ensino moral do Cristo permanece inatacável. Diz ainda o codificador: "Diante desse código divino, a própria incredulidade se curva. É o terreno em que todos os cultos podem encontrar-se, a bandeira sob a qual todos podem abrigar-se, por mais diferentes que sejam as suas crenças".

A moral do Cristo tem abrangência universal e seus valores estão acima de todo e qualquer sistema religioso ou filosófico já aparecido e particularizado pelo tempo, pelo meio e pelo pensamento de quem o criou. Embora Jesus não figure nos livros sagrados de muitos povos, os seus preceitos divinos sujeitam a humanidade inteira. Com a sua reflexão, Humberto de Campos reconhece essa verdade.

NOTAS DE UM DIARISTA - 2ª SÉRIE

(1936-Póstuma)

O tempo é um sujeito gago. É preciso ter paciência para compreender as verdades que ele diz.

O homem está sempre à procura de respostas. Com elas, busca encontrar as verdades. Porém, nem sempre as encontra da forma que deseja. Elas vêm pela metade, muitas vezes incompletas, no ritmo e velocidade que só a elas convêm. É que estão subordinadas ao senhor e mestre Tempo, que as revela vinculadas ao saber e adiantamento.

O tempo é um sujeito gago/que nos pede paciência/para compreender verdades/que só ele sabe e diz.

DESTINOS...

(1935–Póstuma)

Sanny Wsaka é uma moça de vinte e quatro anos, linda, inteligente, mas que decidiu matar-se porque o mundo não correspondeu às suas expectativas e aos seus sonhos. Teve uma decepção, e a falsidade de tudo a fez inconformar-se. Considera-se desgraçada e ludibriada pela vida, que não quer mais.

Humberto de Campos ficou sabendo de sua tragédia pelos jornais e deliberou escrever-lhe uma carta-crônica para dissuadi-la desse propósito. Ainda mais quando leu na sua declaração que, caso sobrevivesse, faria nova tentativa para sair deste mundo, o que sensibilizou demais o escritor.

Nesse contato com a quase suicida Sanny Wsaka, Humberto pondera sobre o seu ato injustificado, com toda a força do sentimento, numa das mais belas, sinceras e humildes crônicas que escreveu. Diz, dentre tantas coisas: *Imagina você que só você, no mundo, foi traída no seu sonho e na sua esperança. E, no entanto, se olhar em torno, talvez venha a convencer-se que não é tão desventurada como supõe. (...) Quem sabe,*

Sanny, se aquilo que você considera infortúnio não seria, no mundo, felicidade para muita gente?

Contando breves casos de fundo moral, Humberto vai, como advogado da Vida, expondo à moça as bases enganosas que a fizeram desesperar. *A sua infelicidade* – diz o cronista – *é, assim, oriunda toda ela, de um defeito de educação. Imaginou você a terra um paraíso, todo cheio de coisas deliciosas. E como encontrou o Éden sem as maravilhas que a sua imaginação nele pusera, perdeu a paciência, deixando-se tomar pela revolta. (...) Da sua vida vazia podia você, se o quisesse, ter tirado um mundo. Você não encontrou na vida o que imaginou. Mas podia ter enfeitado com a sua imaginação aquilo que ela lhe deu.* Não sabia você o que fazer da sua existência? Consagrasse-a aos outros, mais desgraçados do que você. Olhe em torno, e veja quanto sofrimento: nos hospitais, nos cárceres, nos asilos, nos orfanatos. Todos os que choram, e gemem, nesses *lugares, são seus irmãos, e meus.*

E, mantendo bem alto o teor irretorquível dos argumentos, Humberto de Campos fecha com chave de ouro a orientação com que pretendeu evitar a segunda tentativa da jovem Sanny Wsaka de pôr fim à vida, dizendo: *Você conhece, sem dúvida, aquele apólogo em que o Diabo compra a alma de um boêmio, cuja carteira* enche diariamente de cédulas, para que ele as gaste até à última. No dia em que ficar uma cédula sem ser consumida, está concluída a transação e a alma tem de ser entregue ao comprador. O boêmio gasta cada dia centenas de contos com o luxo, com o amor, com o jogo, com as bebidas, com as várias formas de dissipação. Até que, uma noite, resolve capitular. Não tem mais em que empregue o dinheiro do Diabo. E vai entregar-lhe a alma.

– Aqui me tens – diz-lhe. – Não encontrei mais em que dispender dinheiro na Terra.

O Diabo sorri, toma-lhe a alma. E depois de tomá-la:

– Há, no entanto, no mundo, alguma coisa em que um homem pode consumir, diariamente, e até o fim dos séculos, todo o dinheiro que tenha nas mãos.

E olhando o homem nos olhos:

– Nunca ouviste falar na Caridade?

CONTRASTES
(1936-Póstuma)

Eu me fico a meditar sobre o efeito da palavra escrita, no mal que fazemos inadvertidamente, indo envenenar, longe de nós, inteligências permeáveis e espíritos timoratos. É sabida, de toda gente, a influência que exerceram, fazendo aumentar o número de suicídios na Alemanha, o *Werther, de Goethe, e o pessimismo de Schopenhauer.*

Essa questão tem desdobramentos morais profundos. As palavras têm seu caráter próprio e carregam energias que, dependendo do contexto, podem induzir ao bem ou ao mal. Depois de lidas ou ouvidas, elas criam imagens formatadas pelo pensamento de quem as recolheu. Depois de escritas ou ditas, levam a carga de intenção e o sentimento de quem as projetou. O tipo de influência que produzem é de total responsabilidade de quem as proferiu ou escreveu. Os dois exemplos citados por Humberto de Campos são reais e verdadeiros. Goethe (Espírito) dá um marcante depoimento a Allan Kardec em reunião da Sociedade Parisiense de Estudos Espíritas, em 25 de março de 1856, afirmando ter-se arrependido do final que deu ao seu romance famoso (*Werther*). Na entrevista ao codificador do Espiritismo, Goethe, vinte e quatro anos após sua morte, diz ainda sofrer as consequências da influência negativa que sua obra provocou, causando muitos suicídios. A reflexão de Humberto de Campos serve a todos, mas, principalmente, àqueles que escrevem e falam nas suas atividades, para que não destilem veneno nas mentes frágeis, tanto com as palavras quanto com as ideias.

ÚLTIMAS CRÔNICAS
(1936-Póstuma)

Duas lições morais importantes, dentre tantas, pode-se colher desta breve história de Humberto de Campos, que se vai ler em seguida. Uma é a expressão mais completa do amor e da caridade: "Não faças aos outros o que não queres que te façam". A outra é a lei máxima da justiça divina, Causa e Efeito: "Seremos medidos com a mesma medida com que medirmos". A consciência nos cobra, em algum momento e circunstância, o mal que fizermos ao próximo.

Certo beduíno, jovem ainda, sentindo que o seu velho pai, de quem era arrimo forçado e único, impedia o gozo inteiro da liberdade, resolveu desfazer-se do octogenário, abandonando-o num oásis, no coração do Deserto, à fome dos lobos e das hienas. Pôs o ancião à garupa do seu cavalo e partiu. No oásis, fê-lo descer, e esporeando o seu ginete, galopou, de regresso, sem olhar para trás. Ao perceber, porém, o objetivo do moço, o varão estendeu os braços magros no seu rumo, gritando-lhe:

– Meu filho! Por Alá e pelo Profeta, não me deixes aqui! Não é por mim, meu filho; é por ti mesmo. Escuta-me! Escuta-me!...

O moço voltou:

– Meu filho – continuou o ancião –, a mim pouco me importa a morte. Eu não quero, entretanto, morrer aqui, com pena de ti, para que te não aconteça na velhice o que está acontecendo nesta hora.

E apertando-o nos braços trêmulos:

– Foi neste mesmo lugar, meu filho, que eu, há sessenta anos, abandonei o teu avô!...

FATOS E FEITOS

(1949-Póstuma)

Bom ou mau, o vinho da vida deve ser bebido até que nos retirem a taça dos lábios.

Nesse pensamento, Humberto de Campos afirma a ideia da soberania de Deus em relação à vida e à morte. Ele o utiliza em sua crônica para enaltecer a vida e deplorar a pena de morte, sobre a qual escreve. Para ele, *o primeiro dever do homem devia ser o respeito à vida do seu semelhante*. Beber o vinho enquanto nos for permitido, ou viver enquanto não chega a morte natural, representa suportar até o fim as provas por que tenhamos de passar, tanto as doces quanto as amargas.

Entre Catão,[7] que se mata, e Sócrates, que se deixa matar, o mais sábio é o segundo, diz Humberto.

Sócrates foi forçado a morrer; Catão agiu contra si mesmo. Sócrates foi vítima da ignorância do

---

[7] Catão, o Jovem, foi político romano (95 a.C. - 46 a.C.). Suicidou-se após perder a "Batalha de Tapso" contra Júlio César, a quem se opunha.

seu tempo. Catão, pelo suicídio, desertou da vida deliberadamente. A Doutrina Espírita reprova tanto a pena de morte imposta como condenação quanto o suicídio como fuga da vida.

# 3ª PARTE
A TRAJETÓRIA DA DÚVIDA À CERTEZA

Nota: todas as palavras e frases em *itálico* desta 3ª parte são dos textos literários de Humberto de Campos. Mantive a pontuação usada pelo escritor nos seus textos.

PSEUDÔNIMO FAMOSO

Humberto de Campos usou vários pseudônimos na sua extensa atividade jornalística, porém, o que mais marcou e lhe deu ampla notoriedade foi o de *"Conselheiro XX"*, com suas histórias humorísticas. Sua produção na imprensa foi muito variada e constava também de artigos políticos e crítica literária, onde imprimia certo rigor nas análises e comentários. Escrevendo para muitos periódicos diariamente, o uso dos pseudônimos provavelmente lhe conferia maior liberdade para emitir sua opinião franca e, ao mesmo tempo, evitava expor excessivamente o seu nome próprio na autoria dos textos.

Humberto de Campos era humano, com defeitos e qualidades, e não tinha vergonha de se mostrar autêntico, uma das características da sua personalidade. Revelava-se por inteiro no seu incansável ofício de escrever. E o fato de revelar-se mostra o seu caráter de homem sem medo, preocupado com a verdade e a justiça. O Brasil da época, lendo suas crônicas diária e avidamente, ficava sabendo do que se passava no seu coração e na sua mente. Não só emitia opiniões sobre política, economia, questões sociais, eventos de arte como, nos últimos anos de vida, trocava confissões com seu público fiel, no confessionário de papel impresso: os jornais.

Portanto, quem possa ler Humberto de Campos terá a certeza de que vai conhecer não só o autor das histórias pitorescas que provocaram riso em todo o Rio de Janeiro e grande parte do Brasil, mas também o homem que encantou seus leitores com oportunas lições de vida, apontamentos culturais e arte literária de bom gosto. Ele contou tudo nas páginas que escreveu, principalmente nos livros de memórias, verdadeiros cofres sem segredos.

Nos últimos tempos, quando os seus problemas de saúde se agravaram, o Brasil acompanhou sua desdita, suas tentativas de tratamento e a esperança de encontrar melhoras, bem como soube das decepções que colhia, mas que não o abatiam nem intimidavam. Os brasileiros conheceram sua vida pobre, digna e honesta, e viram de perto, pelos jornais e pelos livros, muitos lances do trato íntimo, familiar e pessoal do escritor, que tinha uma coragem e um destemor raros nos intelectuais, que normalmente se escondem atrás do painel do orgulho tolo e da reserva calculada.

Apesar do grande êxito da sua obra escrita quando encarnado – parte dela assinada com o pseudônimo *"Conselheiro XX"* – sofreu críticas de alguns setores que a tomaram por "leviana", em vista do seu tom malicioso e irônico, embora sempre bem-humorado. Apesar disso, Humberto de Campos jamais deixou de ser acatado como expoente das letras nacionais pela grande contribuição literária e cultural que deu ao país. O que fez o *"Conselheiro XX"*, na verdade, com aquela malícia inventada e escondida atrás de um codinome, foi divertir o Brasil, enquanto expunha a hipocrisia e a falsidade moral que vigoravam na sociedade conservadora de então, vícios estes que nunca foram privilégio de uma época.

Hoje, quase um século depois, lendo o material do famoso cronista e conhecendo também suas opiniões de Espírito desencarnado sobre aquele tempo, pela psicografia de Francisco Cândido Xavier, procuro entender e não julgar as razões que o levaram a produzir, através de pseudônimo, durante cerca de dez anos (1918-1927), o material jornalístico e literário polêmico, tematicamente tão diferente do restante da sua obra.

Ao contrário das opiniões um pouco severas, baseadas mais nos rumores criados na época, em torno da obra chamada "fescenina", do que pelas razões intrínsecas que a possam ter gerado, entendo que o escritor criou, a meu ver, um recurso, uma estratégia de "marketing" (diríamos hoje) para popularizar seu trabalho e ganhar os recursos para se manter. Atualmente, os métodos para se conseguir notoriedade são infinitamente mais ousados do que o utilizado por Humberto de Campos. Mas... os tempos são outros.

Por justiça, seria preciso enquadrar a produção do *"Conselheiro XX"* dentro da sua especificidade, como sendo de caráter humorístico, de consumo rápido e, como também diríamos nos dias de hoje, comercial, e que o próprio autor procurou justificar mais de uma vez como sendo a forma, naquele período, de ganhar a vida, de sustentar as pessoas da família que estavam sob sua responsabilidade.

Vejamos como Humberto de Campos justificou esse trabalho no livro *Diário Secreto, volume I*, página 84, referindo-se ao período de 1918 a 1927, quando utilizou o pseudônimo *"Conselheiro XX"*: *Tive de lutar penosamente pela subsistência, mantendo-me, e a uma família numerosa, exclusivamente com o trabalho da minha pena. Os meus dias, as minhas horas, os meus minutos, passaram a ser convertidos em pão.*

Ainda no "Diário", mesmo volume, à página 254, Humberto reafirma: *As obrigações de família, agravadas pelo espólio humano do meu sogro – três senhoras idosas que vieram para minha casa desde que me casei – fizeram-me dedicar inteiramente à imprensa, onde instituí as crônicas miúdas e humorísticas, os contos ligeiros e cotidianos, que deram popularidade ao meu nome e foram formando, aos poucos, esses livros (...).*

Conhecendo esse detalhe importantíssimo sobre o número de pessoas que constituíam a família de Humberto de Campos e a quem ele devia sustentar, compreende-se bem a motivação do *"Conselheiro XX"*. Eram: ele, a esposa, três filhos, sua sogra e duas irmãs desta. Ao todo, oito pessoas.

No segundo volume do *Diário Secreto*, página 162, ele volta à carga: *Passei o dia de ontem, de manhã à noite, escrevendo pequenas coisas anônimas e sem encanto para ganhar o triste dinheiro destinado ao aluguel da casa em que moro.*

Sobre o assunto, mais palavras do escritor, que soam como um desabafo: *Trabalhei sempre, escrevi sempre, e não cessei de prover, com os recursos da minha pena, as necessidades da minha casa.*

O crítico Múcio Leão (1898-1969), em seu discurso de posse na *Academia Brasileira de Letras*, diz, relativamente a essa questão dramática: "O Conselheiro XX era a forma de Campos se sustentar: homem de gosto, de sensibilidade e poesia, não acrediteis que Humberto de Campos deixasse de sentir a atroz tristeza de assumir aquela humilhante caracterização, para encontrar uma forma fácil de ganhar o sustento".

Foi exatamente naquele período, até mais ou menos 1927, que Humberto de Campos escreveu toda a série do *"Conselheiro XX"*, tão criticada por alguns, o que não o impediu de produzir, ao mesmo tempo, trabalhos de outros gêneros, de alta qualidade.

Após ser eleito deputado federal pelo Estado do Maranhão, as finanças melhoraram um pouco, e ele disse estar *mais livre de preocupações sobre o pão de cada dia*. A partir daí, não só produziu seus melhores textos, como também foi abandonando drasticamente os temas de "gosto popular". Nesse período, é descoberta a origem de seus males físicos: hipertrofia da hipófise. Seu estado de saúde começa a preocupar, mas isso, de alguma forma, acaba influindo sobre a sua sensibilidade, afinando ainda mais as cordas do seu estro.

O certo é que Humberto de Campos, sovado na dor e no sofrimento, conseguiu, com seus ingentes recursos pessoais, construir um nome e uma carreira respeitados, com um legado literário muito rico de elementos humanísticos. Mostrou que é possível, com trabalho e vontade persistentes, superar as dificuldades que a vida física possa tramar e se engrandecer moralmente com elas. Depois de lutar muito, abandonou o corpo doente e cansado e retornou ao "país" de origem, onde recuperou a plena consciência de Espírito e percebeu bem rápido a engenhosa mecânica da vida, lá e cá.

Daí para a frente, todos conhecem a história maravilhosa que escreveu com Francisco Cândido Xavier e da qual falaremos mais adiante.

EM FACE DA MENTALIDADE GERAL

Espírito maduro e privilegiado intelectualmente, Humberto de Campos evidenciou seus valores morais em muitas circunstâncias da vida, principalmente na idade adulta, quando assumiu plenamente suas responsabilidades de homem. Sua infância e adolescência foram marcadas fundamente pelas carências e dificuldades próprias da região onde nasceu e que traçaram, a bem dizer, os rumos da sua vida e obra. Ele mesmo comenta isso magnificamente em suas *"Memórias"*, que são as de um homem que fez sozinho a sua marcha desde as vizinhanças do berço, e lutou, sozinho, contra todos os obstáculos da sua própria condição e contra todas as tentações que o assaltaram pelo caminho. Não cheguei muito alto, de modo a ombrear com os escritores notáveis do meu país, porque vim de muito baixo. Mas percorri maior distância do que eles, porque vim de mais longe.

Sua encarnação como Humberto de Campos Veras, com fortes elementos probatórios e talvez expiatórios, não se destinava a funções outras que não as intelectuais, que elegeu para si. Já na infância, tinha propensão para os livros. Mais tarde, mesmo tendo que atender aos aspectos mais práticos da vida material para fugir ao cerco das necessidades que sempre o rodearam, Humberto de Campos jamais desistiu de seu projeto pessoal em relação à literatura, que era o de levar seu nome à posteridade através de, pelo menos, "um grande livro", escrito na maturidade.

Chefe de família, membro da *Academia Brasileira de Letras*, deputado federal por dois mandatos, jornalista, ocupações na área pública, o epíteto que mais o representava, porém, era o de escritor. Expressou-se praticamente em todos os gêneros literários, deixando uma obra inspiradora de boas reflexões para a vida de seus leitores e, possivelmente, fez mais com isso que muitos "profissionais" das religiões, e mais que os falsos moralistas, presentes em todas as épocas.

É forçoso considerar, todavia, que algumas de suas obras são menos admiráveis que outras, muito em função da substituição de um texto habitualmente semierudito pela escrita coloquial e irônica, versando temas prosaicos de tom humorístico ou anedótico. Feitas as primeiras experiências assinadas pelo *"Conselheiro XX"* nos jornais, com estrondoso sucesso junto ao público, a produção não parou mais, chegando a compor onze livros só com esse material. Se por um lado esse estilo desagradou a uma parte – principalmente aos padres da Igreja –, por outro, trouxe recursos financeiros indispensáveis ao escritor, e a notoriedade que nenhum deles despreza.

Entre os incomodados à época com as historietas maliciosas de Humberto de Campos, quantos não o foram por ciúme, inveja ou despeito? Quantos o *"Conselheiro XX"* não desgostou ao mexer no falso pudor de gente não acostumada às discussões públicas de temas considerados tabus, e que por isso se voltaram contra o escritor? Olhando daqui para os anos 1920, é possível compreender o impacto que podem ter causado, no Brasil conservador de então, aquelas histórias "brejeiras", parte delas costuradas com duplo sentido. No entanto, em que medida a *obra mais alegre que fescenina*, no dizer do escritor, teria influído negativamente sobre os leitores? Difícil responder.

Essa questão é muito subjetiva e creio estar afeita mais à consciência do próprio escritor e a um julgamento que só Deus tem por completo. O julgamento que nós fazemos de uma obra literária (humana) está inapelavelmente associado ao seu tempo e às nossas opiniões, à nossa formação cultural, às convicções éticas e morais que temos cada um. Em relação à crítica, é preciso considerar que Humberto de Campos estava sujeito, como todo autor, aos melindres próprios do meio intelectual de que fazia parte e que, com certeza, influíram na avaliação de sua obra, com opiniões positivas ou negativas, dependendo das circunstâncias e dos interesses. O público, esse parece ter aceitado plenamente os seus livros, pois se identificava com eles, "em face da mentalidade geral do Brasil" à época.[1]

Sob o enfoque espírita, nada como colher a opinião do próprio autor sobre sua obra, depois da morte. Pelo que dizem seus depoimentos ditados a Chico Xavier, Humberto de Campos não encontrou o *céu* nas suas concepções de encarnado, no entanto, também não viu o *diabo*. E a julgar pelas boas condições com que penetrou no mundo novo, sua consciência estava tranquila. Ninguém "paga" pelo que

---

1 Expressão usada por Emmanuel no prefácio de *"Brasil, Coração do Mundo, Pátria do Evangelho",* referindo-se ao espírito de simpatia com que Humberto de Campos era agraciado pela gente brasileira.

os outros acham que se fez ou se deveu. A justiça de Deus age sobre a consciência individual. Se o grande escritor escreveu textos fesceninos, a princípio isso parece não ter influído nas condições de seu retorno ao plano espiritual. O que sua consciência possa ter cobrado de si mesma do "lado de lá", relativo a essa encarnação, pode ter outras tantas implicações além da literatura "alegre" que produziu.

Escrevendo através de Chico Xavier, e agora com uma proposta claramente espiritualizante, Humberto de Campos passou, ele próprio, a fazer ressalvas à sua obra de encarnado, ressaltando o seu caráter puramente humano e passageiro. A meu ver, uma forma humilde e prudente de, em reconhecendo a nova realidade espiritual que lhe trouxe outra compreensão das coisas, impedir a colisão do seu texto "alegre" do passado com a seriedade do projeto novo, cuja excelência dos objetivos se mostrou evidente já nas primeiras obras suas psicografadas pelo médium mineiro.

Humberto de Campos, com essa espécie de autocensura, pareceu querer delimitar as duas fases da sua escrita em antes e depois da morte e, com isso, relativizar a importância da primeira. Antes, premido pelas necessidades materiais (*do estômago*) e pelo projeto pessoal de notoriedade, temos o cronista ousado que aborda os temas que lhe dão remuneração e fama. Depois, temos o escritor ciente da realidade de além-túmulo, *livre da prisão nevoenta da Terra*[2], jungido a novas preocupações. E nesse compasso de rigor e humildade, entende-se *curado da lepra da vaidade que me ensombrava a alma*[3].

---

2 XAVIER, Francisco Cândido. Humberto de Campos, *"Crônicas de Além-Túmulo"*, FEB, 1986.

3 XAVIER, Francisco Cândido. Humberto de Campos, *"Lázaro Redivivo"*, FEB, 1995.

INTERAÇÃO PELAS CARTAS

Humberto de Campos marcou época no jornalismo brasileiro. Suas crônicas se reproduziram pelos principais jornais do Brasil, com grande aceitação, num período conturbado da vida do país, política e economicamente, sem que fossem rigorosamente marcadas pelo pessimismo, pelo derrotismo, pelo negativismo. Ao contrário, seus escritos transpiravam reflexão, poesia e humor. Ele não só produziu obra vasta e original, como influiu, com ela, no ânimo dos leitores. Que prêmio maior pode querer um escritor senão interagir com seus leitores, e reconhecer, nessa aproximação, o carinho e a admiração?

A crônica registra o cotidiano do comportamento social, e, com isso, o cronista acaba fazendo história a conta-gotas. A crônica é um gênero que, dizem, "envelhece" rapidamente por retratar esse cotidiano que se renova sem cessar. No caso de Humberto de Campos, muito do que escreveu há um século pode hoje ser lido com proveito, pois, retirados os ingredientes relativos ao momento em que foram escritas, muitas crônicas resistem ao tempo pela força do seu conteúdo informativo, histórico e humanístico.

Entrou para a *Academia Brasileira de Letras* com apenas trinta e quatro anos, o que não é muito comum mesmo para um escritor de talento. Transformando-se no cronista mais lido da época, sua relação com os leitores brasileiros merece um capítulo à parte, tal a força da reciprocidade que os mantinha unidos através das dezenas de cartas semanais que o escritor recebia, respondendo-as pelos jornais. Confidências, desabafos, pedidos de conselhos e até de socorro chegavam ao seu endereço, estabelecendo mão dupla de confissões, em que os corações se aliviavam na certeza de estarem se auxiliando mutuamente. Publicando aqui e ali notas sobre as suas dores mais íntimas, Humberto de Campos criava, junto aos leitores, campo propício a uma relação de mútuo consolo e apoio, que o ajudava a não se sentir tão só no sofrimento dos seus últimos anos.

As reservas morais que o sofrimento acumulou em seu coração fizeram-no interessar-se pelos dramas de muitos brasileiros, seus leitores, ajudando-os com orientações e conselhos que, da mesma forma, gostaria de ouvir e receber de corações generosos, como de fato recebeu em muitas ocasiões.

O conselho é o selo que identifica a amizade, diz o escritor em *Sombras que sofrem* (1934), e essa amizade era o que Humberto mantinha com os que liam as suas crônicas, fazendo literatura e prestando solidariedade. Era uma espécie de terapeuta amigo, atendendo a uma gama variada de "consulentes", que, na essência, traziam invariavelmente os mesmos problemas: os dramas da vida.

Humberto de Campos recebia visitas com frequência. Eram pessoas conhecidas na sua maioria e outras que via pela primeira vez. Destas, se informava com o seu secretário e, somente após conhecer o assunto, pedia que as deixasse entrar. Todas, sem exceção, mostravam-se simpáticas ao escritor, gratas, e, de alguma forma, ligadas a ele através da sua literatura, que lhes provocava sentimentos de devoção. Traziam flores, conversavam, apertavam a mão do escritor e saíam, deixando-o feliz e reconhecido. Esse era o poder que o seu texto tinha sobre as pessoas.

Como boa parte dos espíritas fez, eu também li, ao longo dos anos, toda a obra de Humberto de Campos através do médium Chico Xavier. Mas fui um pouco além. Busquei conhecer a obra do Humberto "vivo". Refleti com ambas. Mergulhei na beleza das histórias evangélicas cheias de sentimento, derivadas dos ensinos de Jesus, como mergulhei também no cotidiano dos brasileiros que viviam em tempos bem mais difíceis que os de hoje e que o escritor maranhense "cronicou", deixando os registros históricos de uma época.

Se as crônicas, "reportagens" e contos de Humberto de Campos-Espírito fizeram despertar em mim profundas reflexões, não foi menor meu encantamento ao conhecer os seus escritos do período acadêmico. Humberto de Campos fez saber, em vários momentos, da necessidade que tinha de escrever muito, às vezes quatro ou cinco textos diários, para atender as demandas dos vários periódicos em que colaborava e, assim, garantir os recursos para manter a família e a casa.

Mas, para ele, escrever não era só isso. Em *Os párias*, livro de crônicas, editado em 1933, instigado por uma leitora a produzir "obras de fôlego literário", nas quais pudesse denunciar as mazelas brasileiras, Humberto de Campos diz: *Não há, na minha vida, ambição maior, minha ilustre camarada desconhecida, que a de escrever obras que se tornem úteis aos homens de hoje e fiquem na memória dos homens de amanhã.* E, referindo-se às questões de ordem prática que a vida lhe exigia, como, por exemplo, trabalhar hoje para comer amanhã, conclui: *Como poderei escrever um romance forte, um trabalho de meditação ou de observação, se tenho de vender, a retalho, as ideias miúdas que me vêm, e se não há compradores na praça para as outras de maior porte?*

Humberto de Campos dividiu-se entre o jornalista autêntico e espirituoso, que usava as palavras contra o que considerava injusto e medíocre, e o escritor preocupado em consolidar uma carreira literária, sonhada desde muito.

No final, pelo que recolheu no relacionamento criado através das cartas que recebia e que respondia com arte e humanidade, Humberto de Campos se confessou plenamente recompensado do esforço de toda uma vida dedicada às letras. Deu e recebeu. Além de "conselheiro" dos dramas anônimos, defendeu muitas vezes, pelos jornais, as causas do povo, o interesse de velhos, crianças, desamparados, famintos... Denunciou a mendicância exposta em feridas sobre as calçadas do Rio de Janeiro; demonstrou preocupação com o lixo urbano lançado no mar; debateu a causa feminista, opinou maduramente sobre o divórcio, na época já adotado em muitos países; falou dos negros, das prostitutas, dos índios, dos professores, dos cegos, das aves e de tantos outros assuntos que, só bem mais tarde, entrariam na pauta das discussões sociais no Brasil. Ou seja, fez da sua atuação jornalística um fórum de discussões palpitantes, mostrando-se, em muitas questões, na vanguarda do pensamento.

HUMBERTO DE CAMPOS, MATERIALISTA?

Pode-se afirmar que Humberto de Campos tenha sido, quando encarnado, um materialista clássico? Embora tenha dito, através da psicografia de Chico Xavier, que se *ria dos que me vinham contar as maravilhas deslumbrantes da pátria das almas*, e se referido também *ao resignado materialismo dos meus últimos tempos*[4], uma visita na sua extensa obra de literato nos impõe, no mínimo, uma opinião menos conclusiva quanto às suas convicções íntimas.

Humberto de Campos se dizia cético, no entanto, é curiosa a sua insistência em tratar dos assuntos transcendentais, místicos, religiosos, cuidando da morte e da vida. E o que é mais característico: nem sempre abordando essas questões de forma a contraditá-las ou negá-las peremptoriamente. Usava, sim, a ironia para disfarçar certo interesse recôndito.

Viveu, principalmente nos últimos anos de sua existência, já maduro e experiente, na fronteira entre

---

4 Xavier, Francisco Cândido. Humberto de Campos, Espírito. *"Crônicas de Além-Túmulo"*, *"Ao Leitor"*. FEB, 1986.

a dúvida e a crença em relação aos problemas transcendentais da vida. Embora nunca tenha mostrado convicção plena sobre o que chamava os *mistérios da sombra*, também nunca se mostrou tão radical sobre o assunto a ponto de se encaixar com exatidão no título de materialista ou cético.

Cabe aqui uma análise de Allan Kardec feita em "O Livro dos Médiuns", sobre duas classes de materialistas existentes, e que explica bem a posição de Humberto de Campos frente à vida. Diz o codificador, depois de analisar uma primeira classe, que nos interessa pouco, já que Humberto se encaixa bem na segunda categoria: (...) "A segunda classe de materialistas, muito mais numerosa, compreende os que o são por indiferença, e podemos dizer **por falta de coisa melhor** (negrito do original), já que o materialismo real é um sentimento antinatural. Não o são deliberadamente e o que mais desejam é crer, pois a incerteza os atormenta. Sentem uma vaga aspiração do futuro, mas esse futuro lhes foi apresentado de maneira que sua razão não pode aceitar, nascendo disso a dúvida, e, como consequência da dúvida, a incredulidade".[5]

---

5 Kardec, Allan. "O Livro dos Médiuns", capítulo III, "Método".

Mais para o final da sua obra, percebe-se melhor a divisão do seu coração (ainda sem fé, é verdade) entre o homem orgulhoso e descrente e o homem inclinado a aceitar conceitos que falassem à sua inteligência. O orgulho mantinha acesa a chama da dúvida, de que se utilizava para conservar sua posição cética, muito comum no meio literário e cultural. Afinal, crer seria render-se.

Uma análise, mesmo periférica, sobre a avaliação que fez de um poema de Casimiro de Abreu, no "Parnaso de Além-Túmulo", psicografado por Chico Xavier, revela essa divisão. Para ficar mais clara minha assertiva, transcrevo o que disse Humberto de Campos sobre a poesia de Casimiro: *Casimiro de Abreu conserva, nas cordas da sua lira, feitas possivelmente com os restos dos seus nervos, a ingenuidade primitiva. E oferece-nos, nas rimas póstumas, a prova triste de que, mesmo além da vida, no seio mesmo da morte, as paixões não desaparecem. A saudade da pátria é conservada incólume, como se o morto não tivesse mudado de planeta, mas, apenas, de um país para outro. Ouçamos, para exemplo, o poeta das Primaveras, oitenta e dois anos depois de desencarnado*[6]. Em seguida, Humberto transcreve um trecho do poema de Casimiro.

---

6 "Como Cantam os Mortos", crônica publicada no Diário Carioca em 12 de julho de 1932 (apud, Timponi, Miguel. "A Psicografia ante os Tribunais", FEB).

Humberto de Campos faz aí uma autêntica interpretação do texto de Casimiro, não propriamente um apontamento literário. A frase *cordas feitas com os restos dos seus nervos* sugere a lembrança do vínculo com o corpo físico, inelutavelmente rompido. As palavras: *póstumas, além da vida, no seio da morte, desencarnado*, são de Humberto, não de Casimiro, e revelam a constatação do cronista da possibilidade da existência do outro ambiente da vida, suscetível de guardar ainda as paixões cultivadas na vida corporal. Que elementos Humberto usou para essa interpretação? Certamente os que conhecia e dispunha para poder explicá-la. E o fez muito bem como decerto o faria um espírita, se tivesse que explicar o poema de Casimiro de Abreu.

No mesmo "Parnaso", o poeta português suicida, Antero de Quental, descreve, no poema "A morte", sua busca da morte voluntária e a decepção por ter encontrado, do outro lado, uma "senda mais triste e mais sombria". Essa poesia é comentada por Humberto de Campos assim: *A notícia que Antero nos dá não é, evidentemente, das mais agradáveis. A outra existência, para ele, não tem sido melhor do que esta. Ou sucederá isso em virtude do gênero de morte que ele escolheu? O homem que se mata engana, ou tenta enganar a Deus. E o castigo que este lhe inflige consiste, possivelmente, em fazê-lo sofrer no outro mundo os mesmos tormentos que padecia neste. Em síntese: a morte, obtida pelo suicídio, não vale... Só é tomada em consideração aquela que Deus dá, isto é, que sobrevém naturalmente.*[7]

Quem escreveu isto, um espírita? Não, foi Humberto de Campos. Com um pouquinho de ironia, ele faz aqui também uma interpretação. São ilações próprias sobre o texto de Antero de Quental, aliás, muito adequadas em relação ao suicídio. Como entender essas observações vindas de um cético convicto?

Humberto viveu sempre como ilha, cercado de insegurança por todos os lados. Desde a infância, sua vida foi sempre uma incógnita sobre como seria o seu dia seguinte. Já adulto, se por um lado se julgava um homem honesto e leal, por outro, via-se feio, pobre e perverso. Isso tudo criou nele um sentimento de injustiça em relação ao mundo, que o punha em posição defensiva e sempre pronto para atacar. E o fazia através de muitos dos seus escritos. As incertezas e dúvidas, para as quais não encontrava respos-

---

7 Idem, ibidem.

tas compatíveis com a sua inquietação, espicaçavam frequentemente o seu orgulho, a sua altivez. As histórias picantes, mordazes e irônicas do *"Conselheiro XX"* talvez fossem a defesa psicológica de si mesmo, que o levava a escrever como se usasse uma lâmina de corte aplicada contra a mediocridade, a hipocrisia e a falsidade social. Humberto usava os ingredientes fortes da sua personalidade para se defender do mundo, ou melhor, para se inserir no mundo, ocupando o espaço que ele sabia merecer. Essa espécie de intolerância para com a mediocridade, comum nas grandes inteligências, ele a demonstrou também na Câmara dos Deputados, servindo por dois mandatos, e na *Academia Brasileira de Letras*, lugares onde conviveu com pessoas que julgava absolutamente incompatíveis com os postos que ocupavam.

O ceticismo em Humberto de Campos talvez não tivesse raízes tão profundas.

Nos últimos anos de vida, seu temperamento forte, decidido, desconfiado, foi sendo contido pelas estocadas da dor, que lhe serviram de elementos de contenção e lhe trouxeram, paradoxalmente, um pouco de paz resignada e reflexão. As crônicas do célebre livro *Sombras que sofrem*, publicado em 1934, exatamente no ano de sua morte, são um ótimo exemplo para constatar não apenas o cronista humano, mas o homem preocupado em ajudar o próximo com as melhores "armas" de que dispunha e que manejava muito bem: as palavras e as ideias. E o fazia, principalmente, através das orientações ponderadas e amigas com que respondia às cartas de seus leitores, bem como com a exposição judiciosa do seu pensamento sobre questões de interesse geral dos cidadãos e do país.

É bem possível que Humberto de Campos tenha tido contato, mesmo que superficial, com os livros do Espiritismo. Um fato importante a ser conhecido e que é revelado pelo escritor, biógrafo e médium Jorge Rizzini, no seu excelente livro *"Escritores e Fantasmas"* (Edição Correio Fraterno, 1992), é o de que Humberto de Campos frequentava assiduamente a casa do escritor e amigo Coelho Neto, juntamente com outros escritores, como Olavo Bilac, Emílio de Meneses, Martins Fontes, Luis Murat, Aníbal Teófilo, entre outros. Isso se sabe também lendo o *Diário Secreto*, do próprio Humberto, em dois volumes póstumos publicados por "Edições O Cruzeiro", em 1954.

Num depoimento intitulado "Conversão", no qual Coelho Neto conta como se tornou espírita, e que Rizzini transcreve, na íntegra, em seu livro, Neto, a princípio um dos maiores contestadores do Espiritismo, afirma que *"em casa, a propaganda habilmente insinuada, conseguia fazer prosélitos"*. Efetivamente, não se pode afirmar quem fazia essa propaganda insinuada na casa de Coelho Neto, nem quais dos convivas fariam parte desses prosélitos. Humberto de Campos parece ser um dos que não se deixaram cooptar pela doutrina do amigo Coelho Neto. No entanto, pelo teor de certas manifestações espiritualistas encontráveis em muitos pontos da sua obra, é provável que a filosofia racional do Espiritismo, em algum momento, andou circulando pelo cérebro do escritor maranhense, ainda que não detidamente refletida.

O interesse pelo místico sempre povoou o imaginário popular, e é de supor-se que os literatos que se reuniam na casa de Coelho Neto, alguns deles simpáticos às ideias espíritas, devessem falar ou discutir sobre o assunto em algum momento, mesmo que aleatoriamente. Ainda segundo Jorge Rizzini, no livro citado, presume-se que Olavo Bilac tenha exercido forte influência sobre os demais, pois que era médium vidente e já escrevera, por essa época, vários poemas de cunho espiritista. Mais tarde, através de Chico Xavier, Irmão X confirmaria, em *"Lázaro Redivivo"*, a mediunidade de Olavo Bilac: *"O nosso Bilac sentia-se tocado de misteriosas forças, na composição dos seus versos mais belos"*.

Ainda que Humberto de Campos, Espírito, no texto "Ao leitor" (prefácio de *Crônicas de Além-Túmulo*), em se referindo à sua vida encarnada, tenha dito: *"não perdi ensejos para afirmar as minhas dúvidas, expressando a minha descrença acerca da sobrevivência espiritual"*, disse também em seguida, no mesmo texto: *"É verdade que os assuntos de Espiritismo seduziam a minha imaginação, com a perspectiva de um mundo melhor do que esse (...) sua literatura fascinava o meu pensamento com o magnetismo suave da esperança, mas a fé não conseguia florescer no meu coração de homem triste, sepultado nas experiências difíceis e dolorosas. Os livros da doutrina eram para o meu espírito como soberbos poemas de um idealismo superior do mundo subjetivo, sem qualquer feição de realidade prática"*.

Esta última citação de Humberto de Campos, claríssima, não parece prestar à primeira uma explicação, ou justificativa? Humberto de Campos não teria afirmado tais coisas se não tivesse tomado nenhum contato com os *livros da doutrina*, que reconhecia *aptos a consolar e dar esperança*, como disse em outro lugar. Eis o Humberto dividido, na fronteira do crer ou não crer.

Infelizmente, o escritor não teve tempo para se debruçar atentamente sobre os assuntos que lhe "seduziam a imaginação". Refém de uma época em que a medicina tradicional pouco podia fazer para aliviar o seu sofrimento físico, buscou socorro na homeopatia, da qual não obteve o que esperava. Levado, por iniciativa de conhecidos, a frustrantes experiências no "Espiritismo", viu aumentar suas decepções. Sem aceitar também as explicações dogmáticas e incompletas das religiões tradicionais, tudo isso, forçosamente, contribuiu para fortalecer sua descrença.

A saga de dor, sofrimento e limitações foi, aos poucos, sabiamente, minando a resistência do homem cético, dono de si, viril, implacável quando empunhava a opinião, mas que também chorava, também se colocava no lugar do outro, sabia mostrar ternura paternal e que via, dia a dia, a sensibilidade aflorar ainda mais, sovada pelas agonias.

A escolha quase compulsória pelo lado "mais material" da vida não caracterizou desinteresse moral do escritor, absolutamente, mas a opção da sobrevivência. Se "o estilo é o homem", como disse

Buffon (naturalista e escritor francês, 1707-1788), o que Humberto registrou em sua obra e que o revela não aponta desprezo pela alma, pela religião, por Deus, elementos estes com os quais permeou muito do seu trabalho.

    Humberto de Campos beneficiou a muitos com o seu pensamento. E, curiosamente, mais aos pobres, humildes e infelizes, que eram os que melhor compreendiam as suas desditas, e a quem Jesus recomendou assistíssemos, preferencialmente. Aqui, é indispensável lembrar o ensino evangélico: "Tudo o que fizerdes ao menor dos meus irmãos é a mim que o fazeis" (Mt.25,40). E isso parece ter trazido luz a sua alma.

AFINAL, "EU CREIO OU NÃO CREIO"?[8]

Confortando a mãe, Ana de Campos Veras, nos seus "quase setenta e cinco anos de provações", e orientando-a a continuar na fé católica sem se preocupar em aceitar as verdades espíritas, que ela entrevia como certas nas palavras póstumas do filho querido, Humberto de Campos, Espírito, aconselha, em *"Carta a minha mãe"*, do livro *"Crônicas de Além--Túmulo"*: *"Já não há mais tempo para que teu espírito excursione em experiências, no caminho vasto das filosofias religiosas"*.

Dizendo isto à mãe, Humberto repetia o que dissera no mesmo livro, referindo-se ao período final de sua vida terrena, em que a doença e as desilusões venceram, infelizmente, suas expectativas de colher, na fé espírita, a certeza de que precisava: (...) *"mas o meu (coração) era já inacessível à atuação do sedativo maravilhoso (o consolo espírita)"*.

―――――――――――――――――

8 Xavier, Francisco Cândido. *"Crônicas de Além-Túmulo"*, Humberto de Campos, Espírito. FEB.

Teria faltado tempo a Humberto de Campos para encontrar as respostas que lhe acalmariam de vez o coração? Ou faltou também a coragem para dar o último passo, enfrentando a teimosia do cérebro? Sim, porque os primeiros passos ele já dera, refletindo volta e meia, na sua obra, sobre as questões da alma, do coração, *sobre a Vida e sobre a Morte*.

Mas, se tivesse vencido as torturas da dúvida, cada vez mais alimentada pelas dores incompreendidas; se tivesse feito uma "profissão de fé espírita", como fez publicamente seu melhor amigo, o romancista Coelho Neto, isso teria mudado o rumo das coisas? Teria alterado os resultados de toda uma vida cravejada de pedras pontiagudas, que lhe serviram para alvejar a alma pelo sofrimento? E mais: aceitando as argumentações espíritas ainda "vivo", teria realizado, mais tarde, o trabalho que realizou com Chico Xavier? E, se o tivesse, esse trabalho teria alcançado o êxito que alcançou, fazendo alarmar toda a sociedade, promovendo as ideias espíritas aos quatro cantos com as revelações incríveis da sua imortalidade?

Cada coisa a seu tempo. O escritor maranhense, apesar de culto, inteligente e ilustrado, não estava ainda preparado. Faltava-lhe a experiência decisiva de pôr o pé do outro lado. Faltava-lhe percorrer, com o raciocínio, um trecho de caminho que lhe daria visão mais profunda e completa, fazendo-o juntar a razão ao sentimento para desvendar o mistério *do mundo das sombras,* que tanto o incomodava. Esse curto caminho lhe daria a compreensão do Espírito como ser imortal, independente da matéria e sobrevivente a ela.

O depoimento intuitivo e profético que o escritor dá no *Diário Secreto, volume II,* a 20 de março de 1934, é muito preciso. Dentre as várias visitas que recebeu antes de se submeter a uma cirurgia, estava a de um frade franciscano, e, adivinhando-lhe a intenção de catequese, Humberto de Campos lhe diz: *Irmão, eu sinto que uma grande mão invisível me vem conduzindo da incredulidade mais irreverente para os possíveis domínios da fé. Não quero, porém, precipitar com a mão do homem aquilo que está reservado, talvez, à mão de Deus. Se eu tiver de ser um crente, sê-lo-ei espontaneamente. Não quero ir para Deus por uma violência, por um constrangimento, para satisfazer a outrem. Sinto que marcho para a claridade, como resultado do sofrimento, e da contemplação cotidiana da vida. Mas se é para lá que marcho, quero ir por meu pé.*

Impressionante. Poucos espíritas conhecem esse texto. Não havia chegado a hora. Faltava um pouquinho...

Sua vida, desde a infância, fora moldada para a subsistência material no mundo áspero. Não só no meio inóspito onde nasceu, mas também nos grandes centros que frequentou teve de aplicar-se demais com o pensamento voltado para a sobrevivência. Nesse sentido, o menino pobre nascido num beco esquecido do mundo foi um vencedor. E, como vencedor, entrou no mundo invisível, e aí, sim, o véu se descerrou, e a inteligência de sempre se aproximou do grande sentimento do seu coração, fazendo-o despertar para a fé racional que procurara em vida, mas que, como a um quebra-cabeças, não conseguira juntar as partes.

Humberto de Campos me pareceu ser em vida um cético não convicto. Professava um ceticismo nada radical, que não chegava a convencer plenamente. Bastava enviar um recado aos pobres e sofredores, pela crônica diária, e sua humanidade vinha à tona, transbordando de cada palavra, de cada conceito, de cada conselho, deixando transparecer, nas frases bem construídas, o brilho da sua alma e a preocupação com o bem-estar do próximo. Allan Kardec afirma em "O Evangelho Segundo o Espiritismo", capítulo XIX: "Podeis estar certos de que aqueles que dizem: 'Não queríamos nada melhor do que crer, mas não o podemos fazer', apenas o dizem com os lábios, e não com o coração". É o caso de Humberto.

A posição cética de Humberto de Campos era superficial, alimentada do orgulho intelectual, vivendo constantemente na fronteira entre o crer e o não crer, e, enquanto não decidia de que lado ficar, circulava indefinidamente na faixa estreita da dúvida. Para os céticos inteligentes e sensíveis, um fato inesperado de grande monta ou mesmo corriqueiro pode, a qualquer momento, tirá-los dessa zona desconfortável em que eles, na verdade, não gostam de estar. Como aconteceu com o escritor Coelho Neto, que, inacreditavelmente, surpreendeu a filha conversando com a neta, já desencarnada, pelo telefone, num autêntico fenômeno de voz direta. Estremeceu ao tomar o aparelho nas mãos e ouvir, ele mesmo, a vozinha tão amada do outro lado da linha, e se converteu ao Espiritismo[9].

Uma frase lapidar atribuída ao escritor e historiador Garcia Júnior e transcrita no livro *"Psico-*

---

9 Rizzini, Jorge. "Escritores e Fantasmas", capítulo "Coelho Neto e os fantasmas", edição Correio Fraterno, S.Bernardo do Campo, SP, 1992.

grafia ante os tribunais", de Miguel Timponi, edição FEB, 1978, ilustra perfeitamente o bem que a dúvida pode ter feito a Humberto de Campos: (...) *"a dúvida é ainda o melhor caminho que Deus pode oferecer ao crédulo, ao céptico, ao ateu, para chamá-los ao seu aprisco!"*.

Após desencarnar, Humberto de Campos estava apto para a aceitação consciente daquilo que rejeitara durante a vida: a imortalidade da alma e suas consequências. Prova disso é o fato de que, em pouco mais de três meses de residência no plano espiritual, deu-se a conversão do "cético de vida inteira". Pelo menos, *"a adesão intelectual ao Evangelho, sob a luz do Espiritismo"*, diz ele, humildemente, em *"Histórias e Anotações"*, através do Chico. *"Digo intelectual porque ainda estou trabalhando o coração"*, arremata Humberto, Espírito.

Adotou ele, a partir daí, a mais pura compreensão evangélica e a natural e imediata aceitação dos fundamentos espíritas, que se mantiveram em germe durante a sua vida, prestes a brotar.

DIRIGINDO-SE A DEUS

Muitas das manifestações de Humberto de Campos dirigidas a Deus, e outras tantas referências que fez usando as expressões "Jeová" e "Criador", mostram sua crença particular, exclusiva, ainda não banhada pela fé racional que ele afirmava querer encontrar. Certa ocasião, numa visita que lhe fizera em casa o filósofo e sociólogo libanês Habib Estéfano, cujo projeto "sonhava restituir o viço às flores do espírito que o século XIX, com a sua filosofia positiva e o utilitarismo das doutrinas sociais fez murchar, e quase destruir", Humberto de Campos confessa ao ilustre pensador da época: *Meu espírito envenenado pelo racionalismo, que é o seu tormento e o seu orgulho, pede-lhe uma base para a sua doutrina. Preciso de um ponto de apoio para a minha fé.* Infelizmente, Humberto não conseguiu, em vida, resolver essa questão íntima.

O que se pode afirmar, com certeza, é que ele jamais foi ateu.

Que materialista ou cético que se conheça, pede, agradece, louva a Deus, de uma maneira tão explícita, persistente e, muitas vezes, emocionada, como fez o escritor famoso? Não somente em situações aflitivas, nas quais costumamos todos apelar ao Pai Generoso, mas em circunstâncias outras, de alegria, de verdadeiro prazer espiritual, Humberto se lembra de Deus, o Provedor de tudo.

Além dos termos Deus, Criador, Jeová, mencionados acima, pode-se ler com muita frequência, em toda a sua obra, palavras que remetem à ideia de transcendência, tais como: Moisés, deuses, Jesus de Nazaré, Cristo, cristão, cristã, Senhor, Supremo Arquiteto, etc.

Cito a seguir alguns momentos em que Humberto de Campos "conversa com Deus":

Abençoado sejas tu, meu Deus, que me concedeste a graça dos altos prazeres do espírito, este consolo de viver a vida do meu pensamento!

Deus sabe, pois, mais do que nós, o que faz a nosso respeito.

(...) E os olhos se me enchem d'água (...). Tento olhar com o meu olho enfermo, e nada vejo. Mas peço a Deus que mo conserve. Ele ainda me serve para chorar...

Humberto de Campos, percebendo o seu campo visual cada vez mais estreito, como se olhasse o mundo por uma fechadura, diz, sem perder o humor: *Que Deus se apiede de mim, deixando-me essa fresta para espiar curiosamente a vida...*

Num dia de Natal, numa quase prece, Humberto revela o que vai pelo seu mundo íntimo: *E a paz do Senhor – a boa paz do espírito e do coração –, sem alegria, mas sem tristeza, envolve, neste dia, a minha casa de pobre...*

Quarta-feira, 25 de outubro de 1933. Humberto de Campos faz 47 anos. Flores, telegramas, visitas, cartas... Um dia de rara felicidade para o grande escritor, que o encerra com uma prece, vinda do fundo do coração: *– Obrigado, meu Deus!*

Na moradia nova, o meu gabinete é mais amplo, mais claro, mais alegre. Meu secretário enfileirou os livros nas estantes, pondo-os em ordem. Tudo me convida ao trabalho e ao estudo. Procuro, porém, alguma coisa de precioso e de indispensável. Que será?

Uma voz, dentro do meu coração, respondeu-me:

– Os teus olhos, Humberto de Campos!

Mergulho a cabeça entre os braços, e choro, numa súplica: – Meu Deus, dai-me os meus olhos!...

🪶

Como me custa pedir alguma coisa a alguém, Senhor meu Deus!...

🪶

A cada primeiro de janeiro, Humberto de Campos deixava, nas suas anotações, um breve balanço do ano findo. Neste dia de 1933, agradecido e otimista, diz o escritor: *Deus, em quem ainda não creio* [sic]*, mas que já me bate insensivelmente às portas do coração, compadeceu de mim.*

🪶

Louvado sejas tu, meu Deus, que tens sempre uma lição para os soberbos e um consolo para os humildes.

🪶

No Dia das mães, diz: *Deus te abençoe, portanto, e te proteja, minha mãe, como me tens abençoado e protegido a mim.*

🪶

Se os céus me dessem o direito de pedir-lhes uma graça, neste momento em que o meu campo visual se vai estreitando e as letras bailam diante de mim, eu pediria a Deus apenas isto: – Senhor, que a minha enfermidade continue a sua marcha terrível; mas que ela se detenha quando os meus olhos ainda possam alcançar os limites de um livro aberto! Os limites de um livro são, para mim, os limites do universo.

Internado na Casa de Saúde Dr. Eiras, Humberto de Campos tinha como vizinha, no quarto ao lado do seu, uma menina de seis anos que sofria muito. Depois de ouvir a sua história pela boca de uma irmã de caridade que prestava serviço ali, o escritor, condoído, diz: *Calado, escuto essa informação. E peço mentalmente a Deus que tenha pena desse anjo.*

Humberto de Campos deixou ainda pensamentos sobre religião, que, se não eram úteis para ele, talvez tenham servido àqueles que os leram. Eis alguns:

- A religião é o único sal que pode impedir o apodrecimento do mundo.

- A humanidade tem hoje, mais do que nunca, necessidade de fé. As suas feridas são horrendas.

- E é por isso que eu amaldiçoarei sempre o homem que destruir no coração alheio a religião que lá houver. Mentira ou verdade, que ela floresça lá.

- Eu não sou partidário de nenhuma seita religiosa. Deus, para mim, tem mil nomes, e eu não sei o lugar em que ele está. Mas, não admito a vida sem espiritualidade. Não desejo o mundo sem religião. Não compreendo o homem feliz sem que tenha no coração o consolo da fé. Combato os dogmas. Combato a intolerância.

- Eu sou, em religião, o pior dos incrédulos, porque sou um dos que em nada creem e de nada duvidam.

- (...) verifiquei que as palavras, sem o sentimento, não chegam ao céu.

- Hoje, sou um homem que não aceita nenhuma religião já feita, mas, também, não as hostiliza. Se entro em um templo católico, ajoelho-me respeitoso, às vezes comovido, dirigindo a Deus a minha prece livre e silenciosa, onde quer que ele se encontre.

- Eu não poderei admitir, jamais, uma religião que seja repelida pelo raciocínio. Eu sinto que meu coração não aceitará aquilo que não seja aceito pela razão. Eu não posso

reconhecer como verdade indiscutível um princípio, um dogma, que se apoie no mistério. (...) Eu queria crer, e invejo os que creem no Cristo sem afundar a mão nas suas chagas. Eu queria acreditar em uma outra vida, para que eu não temesse tanto a morte. Mas o raciocínio opõe-se, reage, protesta. E eu prefiro a indiferença, o alheamento, a renúncia à possibilidade de fé, a dar aos outros e a mim mesmo um espetáculo de hipocrisia.

A CULTURA DO AUTODIDATA

É curioso o fenômeno do autodidatismo. Expoentes da cultura humana se sobressaem com qualidades brilhantes, muitos sem nenhuma especialização acadêmica, outros apenas com estudos elementares. Desde a antiguidade se conhecem homens que, sozinhos, juntaram cultura e conhecimentos suficientes para fazê-los entrar na História.

Há muitos casos de figuras ilustres que chegaram a estágios muito superiores à média geral das pessoas. Leonardo Da Vinci conhecia múltiplas disciplinas; Edward Elgar foi autodidata em música; Léon Tolstoi abandonou os estudos antes da graduação e é tido como um dos maiores escritores que a humanidade já leu; Machado de Assis, de pouquíssima instrução escolar, é considerado o maior dos escritores brasileiros; Amadeu Amaral, escritor que ocupou a cadeira número 15 da *Academia Brasileira de Letras*, não concluiu o curso secundário, mesmo assim possuía extraordinária erudição; José Saramago, escritor português, ganhou o prêmio Nobel de Literatura em 1998, sem ter sequer entrado na universidade, e assim muitos outros. Léon Denis, também autodidata, transformou-se no pujante pensador espírita que conhecemos, desenvolvendo magnificamente a missão de continuador de Allan Kardec, expandindo o pensamento espírita com os brilhantes recursos da sua inteligência.

Prêmio Nobel de Literatura em 1949, a biografia de William Faulkner (1897-1962) tem muita semelhança com a de Humberto de Campos. Assim como este, Faulkner era tímido e propenso à melancolia e à solidão. Humberto prezava estar só, escrevendo ou lendo, junto da sua estante abarrotada de livros. O escritor americano, tendo o mesmo nome de um avô, acrescentou a letra *u* ao Falkner de família, assim como Humberto de Campos não utilizava o "Veras" paterno em seu nome. Faulkner abandonou os estudos para trabalhar com o avô que era banqueiro, estando aí uma significativa diferença entre os dois famosos. Enquanto Humberto vinha de família muito pobre do interior de um estado do nordeste do país, Faulkner descendia de família antiga e ilustre do sul dos Estados Unidos. Mas essa posição não influiu muito na vida de William Faulkner, que, como Campos, estudou pouco e exerceu funções humildes, como a de carpinteiro, balconista de livraria, pintor de paredes e chefe dos Correios. Sempre inquieto, não se fixava por muito tempo em lugar algum, como Humberto, que nasceu no Maranhão, mas viveu também no Piauí, no Pará e no Rio de Janeiro, ganhando a vida como lavador de garrafas num armazém, onde também foi balconista, depois como aprendiz de tipógrafo e também aprendiz de alfaiataria.

O Espiritismo explica o êxito do autodidata pela reencarnação. O acúmulo de experiências através de vidas sucessivas emerge na vida atual, conforme as necessidades do Espírito. Conjugam-se a esse fator preponderante o trabalho persistente, o esforço e a disciplina, que se associam à bagagem que o indivíduo traz consigo ao renascer.

No entanto, há autodidatas que veem afluir naturalmente os conhecimentos sem que precisem se empenhar demasiadamente. Amadeus Mozart é um exemplo disso. Sua precocidade não lhe deu tempo algum para estudar e especializar-se em música, pois, aos quatro anos, já demonstrava sua genialidade. Como o dele, há muitos casos no mundo, dificilmente explicados sem o fundamento da reencarnação.

Um autêntico exemplo de autodidata bem-sucedido foi Humberto de Campos. Com formação escolar incipiente, deixou como escritor uma obra considerável e de grande qualidade. Com sua vasta cultura, veio confirmar a tese espírita das vidas passadas e do progresso contínuo do Espírito através delas. As reminiscências registradas pelo escritor dão conta de sua vida difícil, da qual os primeiros dezesseis anos, segundo sua própria expressão, foram *perdidos* em atalhos sinuosos, que, se não o fizeram bandear-se para o lado escuro da vida, também não o fizeram avançar, a não ser na experiência do sofrimento.

Embora tenha tomado contato com os livros desde a adolescência, por maior que tenha sido o seu empenho na busca de informação e cultura geral, por mais que tenha lido, e parece que leu bastante, excluindo o tempo aplicado nas ocupações gerais da vida, não teria sido possível acumular, em tão curto período, os bens culturais que deteve, nem tampouco os valores humanitários que demonstrou possuir e que não surgem assim, de uma hora para outra, em quem quer que seja.

A trajetória literária de Humberto de Campos encarnado atesta não só sua inteligência e sua imensa aplicação a estudos e leituras particulares, como também revela as conquistas e os progressos realizados na fieira das encarnações. Mais tarde, a extraordinária obra realizada em parceria com Chico Xavier confirmaria ainda melhor, e com mais ênfase, o seu patrimônio cultural e moral, que, se não pôde ser construído tão somente nos quarenta e oito anos de vida como Humberto de Campos Veras, o foi em inumeráveis outras vidas, através do tempo e em tantos outros lugares.

COM A NATURALIDADE DA AMEIXEIRA

Impressiona muito positivamente a maneira como Humberto de Campos ajusta as palavras ao pensamento. Ou seja, como ele consegue dizer, numa prosa compreensível, relativamente simples, nada prolixa nem pedante, exatamente o que quer dizer, o que está pensando.

Daí adveio, bem provavelmente, uma das razões da proximidade de Humberto de Campos com seus leitores, redundando no enorme êxito dos seus escritos. Além da versatilidade temática própria dos cronistas, e ainda maior nele, Humberto de Campos fez do seu trabalho um documento histórico da época, além de construir uma obra literária de grande valor.

As citações mitológicas, bíblicas, os episódios e personagens ligados à cultura oriental, as parábolas e lendas, recursos que utilizou com frequência, dão aos seus textos uma aura de saber que impressiona o leitor, associada a outras habilidades naturais, que ele soube utilizar como poucos. Sua linguagem culta, porém sóbria, tem um poder de comunicação instantâneo com o leitor, o que popularizou seu nome e sua obra em todo o país.

Desnecessário dizer que Humberto de Campos foi um escritor vocacionado para essa tarefa. Ele próprio revela isso quando diz, no *Diário Secreto, volume I*, página 149: *E eu leio, e escrevo, com a naturalidade com que a ameixeira dá ameixas...*

Mesmo os seus textos anedóticos, espirituosos, com viés propositadamente despreocupado, não eram destituídos de valor, de graça, e devem ter divertido muito os incontáveis leitores espalhados pelo Brasil, então pobre, carente de civilização, cultura e progresso.

Quando se avalia a sua obra, mesmo com o amadorismo com que faço aqui, salta aos olhos a sua cultura multifária, o domínio natural da língua e o total controle da técnica de escrever. A pontuação, rigorosamente aplicada ao texto, consegue efeitos de síntese extraordinários. Economizando palavras desnecessárias, seu texto é simples, claro, correto. Sabia traduzir com palavras exatas o que ia pela sua mente inteligente, encadeando as frases e períodos com concisão e "sem sofrimento", o que denota a habilidade de todo grande escritor. Seu estilo é perfeitamente compreendido por leitores de todos os níveis intelectuais. O escritor e pensador espírita Deolindo Amorim, em artigo no jornal paranaense *Mundo Espírita* (novembro de 1984), elogia o estilo de Humberto de Campos: "Foi, como todos sabem, um escritor muito apreciado. Com que fluência e beleza manejava a língua portuguesa! E como conhecia História antiga!".

Lendo depoimentos dos que se reportaram a ele, vejo sempre um tom reverente, respeitoso, mesmo nas eventuais críticas. Isso confirma a minha impressão, no contato com os seus livros, de que, afora o reconhecimento fiel dos leitores "cúmplices" com o cronista, havia algo mais na sua relação com o público. Uma energia refletia de seus textos e envolvia a todos os que compartilhavam da sua vida e do seu pensamento, longe ou perto. Suas crônicas tinham um pedacinho da história de cada brasileiro que o lia e compreendia. Daí, possivelmente, nasceu a solidariedade irmã daqueles que não o abandonaram enquanto viveu e que, mesmo depois da sua morte, continuaram próximos, através das preces que lhe dirigiram.

Nos últimos anos de vida, o escritor maranhense mostrou tal consciência de si mesmo e da obra que deixava, que, fazendo um balanço muito sincero da sua existência até ali, julga-a *rica de ensinamentos, de lições aos rapazes pobres e desprotegidos* (como ele próprio o fora), que poderiam tomar nela um exemplo de como vencer com o *produto da vontade e do trabalho* (como ele próprio vencera).

O GRANDE RETORNO

Apesar dos sofrimentos atrozes que a doença o fez passar nos seus últimos tempos de vida, criando expectativa de morte sempre próxima, Humberto de Campos lutou muito, resistindo-lhe aos golpes o quanto lhe permitiu a pobre condição humana. E, como se fosse possível espantar a morte, suportava os próprios males utilizando os brios de homem forte e os recursos da medicina da época, que não eram muitos.

Audição e visão comprometidas, a tortura da insônia frequente e os inchaços nas mãos e pernas lhe davam motivos de sobra para se entregar. Qualquer outro o teria feito diante da avalanche de contrariedades, mas o escritor não se abateu. Resistiu o quanto pôde *para erguer muito alto o coração, retalhado nas pedras do caminho, como um livro de experiências para os que vinham depois dos meus passos.*

Justamente quando o seu Espírito se resignava diante da dor, a morte apareceu, e, como ele mesmo disse mais tarde, poeticamente, através do Chico Xavier, *"abeirou-se do meu leito, devagarinho, como alguém que temesse acordar um menino doente".*

A morte veio para Humberto de Campos como uma verdadeira libertação. E, daí em diante, começou uma nova fase da sua vida. Conforme seu próprio relato na crônica póstuma *"Carta aos que ficaram"*,[10] de onde recolhi as citações deste texto, desligou-se do corpo físico tranquilamente e despertou da *"letargia momentânea"* compreendendo logo *"a realidade da vida, que eu negara, além dos ossos"*. Despertado para a nova realidade, ouve ressoar no Espírito o que, a princípio, pensa serem homenagens necrológicas, mas é esclarecido: são "as preces que se elevaram por ti a Deus, dos peitos sufocados onde penetraste com as tuas exortações e conselhos. O sofrimento entornou no teu coração um cântaro de mel".

O recém-chegado ao outro lado da vida é recebido com "braçadas de flores inebriantes" que vêm do espaço, e ouve o seu nome embalado em doces e suaves orações. Exatamente como ocorre aos encarnados de boa índole, que voltam à morada de origem com a consciência livre, conforme relatos encontrados na literatura espírita.

---

10 XAVIER, Francisco Cândido. Humberto de Campos, Espírito, *"Crônicas de Além-Túmulo"*, capítulo 2, FEB.

O patrimônio intelectual e a agudeza de espírito de Humberto de Campos, importantes para que ele compreendesse de imediato a nova situação, mais as suas condições morais estáveis, fizeram-no ingressar bem no plano espiritual, acolhido com carinho.

Enquanto restabelecia a saúde, estudava e meditava, ia encontrando outros hábitos e preocupações no ambiente novo. Livre das amarras do corpo doente e graças às novas disposições, em pouquíssimo tempo se recompunha e se habilitava para o que viria.

Através da mediunidade de Chico Xavier, Humberto descreveu o local confortável para onde o conduziram, fazendo afirmações que contrariam as histórias fantasiosas dos livros sagrados, criadas pelas religiões místicas e dogmáticas. Com o que pôde observar de concreto, concluiu que *"As religiões estão na Terra prejudicadas pelo abuso dos símbolos"*. Dessa forma, alertava os religiosos incautos, sectários, dogmáticos, prevenindo-os quanto às decepções que certamente os esperariam quando chegasse a sua vez de retornar.

Dizendo não ter encontrado aquilo que as tradições religiosas sempre impuseram como base da fé a milhões de seres, Humberto de Campos não só ajudou a desfazer a ideia de Céu paradisíaco e de Inferno localizado, como propôs que se revissem tantos outros conceitos insustentáveis, que não se coadunam com a lógica e a naturalidade das obras de Deus.

Em síntese, Humberto de Campos descobriu, de imediato, *"alguns amigos velhos, entre muitas caras novas"*. E, numa atitude humilde, registrada numa linda página ditada ao médium mineiro, em 27 de março de 1935, exatos três meses e vinte e dois dias depois de sua desencarnação, descreveu o sentimento do estudante novo apontando na cartilha o A B C... Apenas que, agora, as lições são outras; trata-se de estudar o alfabeto de Deus nos livros da Natureza, que ensinam o porquê do riso e da dor, dos bons e dos maus, da riqueza e da pobreza na Terra... E muitas outras coisas...

BLOCO MONOLÍTICO
DO BEM

Nas primeiras décadas do século XX, desenhava-se em terras brasileiras um projeto da Espiritualidade organizada, no sentido de colaborar decisivamente com o progresso espiritual da humanidade, através do livro. O plano, inspirado nas esferas espirituais,[11] visava ampliar e difundir em massa o conhecimento sobre a existência e a natureza do mundo espiritual e suas relações com o mundo material, conhecimento este sistematizado em seus princípios fundamentais no Espiritismo, por Allan Kardec, na França, a partir de 1857. Além disso, fortalecer o trabalho de restauração do Cristianismo em suas bases originais.

O marco inicial desse trabalho foi o "Parnaso de Além-Túmulo", obra em que dezenas de poetas mortos foram convocados a falar aos vivos da Terra, num movimento empreendido pelos Espíritos do bem em apoio direto à comunidade encarnada.

---

11 Ver a crônica sobre o assunto *"O Espiritismo no Brasil"*, de Humberto de Campos, no livro *"Novas Mensagens"*, psicografia de F.C.Xavier, edição FEB.

Faziam parte desse programa Espíritos da firmeza moral de um Emmanuel, de um Bezerra de Menezes, e de muitos outros nomes campeões do amor ao próximo, que girariam em torno do eixo operacional Chico Xavier, de onde partiriam as grandes produções, que foram, aos poucos, agregando elementos novos ao contexto doutrinário do Espiritismo. Formou-se, então, um "bloco monolítico do bem", com Espíritos e homens trabalhando juntos, compromissados com o conteúdo das obras de Allan Kardec e com o pensamento moral de Jesus de Nazaré.

Assim como o advento do Espiritismo, em 1857, foi antecedido por acontecimentos especiais, de que se tornaram marco os fenômenos físicos ocorridos em Hydesville (USA), com as irmãs Fox, e que evoluíram para a configuração do maior programa de educação espiritual planetária, assim também o movimento espiritual desencadeado no Brasil teve seus precursores.

Espíritos de inegável elevação reencarnados no Brasil prepararam o terreno da nossa gente com sua inteligência, bondade e carisma. Bezerra de Menezes (1831-1900), figura exponencial do Espiritismo brasileiro, conhecido e querido por outras tantas correntes do pensamento, ganhou o respeito do povo pela sua elevação de princípios e caridade desinteressada. Eurípedes Barsanulfo (1880-1918), autodidata, desenvolveu inumeráveis atividades, dominando uma lista imensa de ciências, que utilizou para o benefício geral, sendo a Educação uma das que mais fez ressaltar. Tornando-se espírita, exerceu a mediunidade e assistiu, com sua caridade inata, a toda a região do triângulo mineiro, mas seu nome se expandiu por todo o país. Sua figura de educador é muito respeitada no Brasil. Cairbar Schutel (1868-1938), considerado desbravador dos interiores paulistas no que se refere à divulgação do Espiritismo. Da cidade de Matão, em São Paulo, espalhou para o Brasil seu vigor doutrinário, escrevendo várias obras de interesse da causa e fundando dois periódicos, que, ainda hoje, circulam regularmente. Utilizou-se do rádio para a divulgação dos preceitos espíritas. Antonio Gonçalves da Silva, Batuíra, (1839-1909), outro espírita idealista e lutador, que, nascido em Portugal, aos onze anos se instalou no Brasil e viveu, em São Paulo, uma rica história de trabalho e desprendimento. Um verdadeiro praticante da caridade abnegada, esforçado divulgador do ideal espírita. Luiz Olympio Telles de Menezes (1828-1893) fundou o que terá sido a primeira agremiação espírita no Brasil, o Grupo Familiar do Espiritismo, em Salvador, Bahia. É de sua iniciativa como jornalista o primeiro jornal de cunho espírita do país, "O Eco D'Além-Túmulo", citado na "Revue Spirite", no mês de outubro de 1869. Anália Franco, professora, jornalista e poetisa (1853-1919), nos seus 66 anos de vida, edificou 71 escolas, 2 albergues, uma colônia regeneradora para mulheres, 23 asilos para crianças órfãs, uma banda musical feminina, uma orquestra, um grupo dramático, além de oficinas para manufatura em 24 cidades do interior e da capital de São Paulo. Fundou uma revista intitulada "Álbum das Meninas" para discutir a questão das crianças desamparadas, além de publicar "A Voz Maternal", impressa em oficinas próprias, e outras publicações. Observando-se o período que teve de vida e a obra realizada, não se poderá incluí-la em outro rol que não o dos Espíritos brilhantes.

Produzindo fatos notórios no meio social e enriquecendo de amor e verdade a vida de tantos brasileiros, todos esses personagens, e outros mais, contribuíram decisivamente para a criação do ambiente favorável para a instalação do programa evangélico-doutrinário de orientação das massas, tendo em vista as necessidades prementes de espiritualização geral.

O fenômeno Chico Xavier, vivendo no seu dia a dia os mais belos exemplos de amor e caridade aprendidos com o Cristo, inspirou os seus irmãos de todos os quadrantes do Brasil e se fez respeitar por eles. Seguindo à risca um roteiro de serviço coordenado pelo Espírito Emmanuel, intermediou, com as suas faculdades, uma gama enorme de ideias, de caracteres, todos conjugados eficientemente para o mesmo objetivo: atender ao programa de educação moral e espiritual estabelecido pelos Espíritos superiores. Referência de conduta, Chico Xavier passou a ser também referência de opinião, assistido sempre pelo seu mentor.

Não se produzem mais de 400 obras de base moral e conhecimento revelador sem que haja, por trás disso, um grande movimento de renovação espiritual em andamento, do interesse de toda a humanidade.

A RESSURREIÇÃO DE HUMBERTO DE CAMPOS

Muitos foram os Espíritos que colaboraram com Emmanuel e Chico Xavier no sentido de levar a efeito o trabalho com os livros. Porém, de todos eles, com suas características morais e intelectuais respeitáveis, o que mais provocou impacto na população e na imprensa foi Humberto de Campos. Escritor e jornalista nacionalmente conhecido, seu retorno logo após a morte, pela mediunidade de Chico Xavier, foi um assombro. Suas mensagens de além-túmulo num instante ganharam as primeiras páginas dos jornais e se tornaram assunto obrigatório em todos os lugares, causando furor e chamando a atenção dos brasileiros para o fenômeno espírita.

Em relação à popularidade que Humberto de Campos desfrutava, o escritor e jornalista Carlos Heitor Cony (1926), autor consagrado no Brasil, disse numa entrevista concedida à também jornalista e professora universitária Roberta Scheibe: "Quando Humberto de Campos morreu, em 1934, eu era criança, e o comércio do Rio de Janeiro fechou as portas. Era luto nacional que ninguém decretou. Isso porque todo mundo lia Humberto de Campos. Ele morreu cedo, com 48 anos, numa operação. Foi uma comoção. Ninguém chegou à popularidade de Humberto de Campos. A melhor crônica dele chama-se 'Um amigo de infância'. É a mais bonita da literatura brasileira"[12]

Trabalhado pelo sofrimento que fez depurar sua alma e amadurecido pelo incansável esforço de uma vida, Humberto de Campos era um espírito talhado para servir ao projeto com Chico Xavier. O caráter firme, a compreensão solidária, o talento literário, o conhecimento bíblico, a capacidade de expor, da forma mais simples e bela, os quadros evangélicos do tempo do Cristo, tudo isso somado à empatia que tinha com o público, colocavam-no numa condição muito favorável para aquela incumbência. Era um candidato natural a ser colaborador eficiente desse programa coordenado pelo Espírito Emmanuel. Re-

---

12 Entrevista concedida por Carlos Heitor Cony, em 2003, na Universidade de Passo Fundo, RS, para monografia de Roberta Scheibe, intitulada "Crônica: o diálogo entre Literatura e Jornalismo".

cém-desencarnado, de memória prodigiosa, um escritor assim seria muito útil à causa espírita.

    A publicação do "Parnaso de Além-Túmulo", psicografado por Francisco Cândido Xavier em julho de 1932, já atraíra o interesse geral, inclusive de alguns membros da *Academia Brasileira de Letras*. Apresentado ao livro controverso, o acadêmico Humberto de Campos não deixou de examiná-lo e constatar as suas interessantes especificidades, dando opinião favorável sobre a obra. Avaliou o trabalho dos poetas mortos sob a ótica exclusiva do estilo e das características de cada um, sem absolutamente entrar no mérito dos fenômenos. O que ele não poderia prever, jamais, era que, algum tempo depois (1935), a 2ª edição do referido livro traria um texto seu como prefácio: *"De pé, os mortos!"*. Humberto faleceu em 5 de dezembro de 1934.

    Sem dúvida que o "Parnaso", já pelo inusitado do seu conteúdo, já por marcar a estreia do iletrado Chico Xavier na literatura, causou enorme impacto no meio cultural brasileiro, mas a "ressurreição" de Humberto de Campos para o "mundo das letras" trouxe benefícios incalculáveis à causa do Espiritismo no Brasil, no que se refere principalmente à sua divulgação. O alvoroço criado na imprensa, com repercussões em toda a sociedade, acabou trazendo dividendos à causa espírita. Embora misturado ao sensacionalismo de alguns jornais, as discussões e debates se deram, provocando interesse da população.

Decorridos menos de quatro meses de sua morte, tempo suficiente para encontrar e *"apertar a mão a alguns amigos"* no novo ambiente, o escritor voltava para cá em Espírito (27 de março de 1935), *"para falar com os humildes e com os infortunados, confundidos na poeira da estrada de suas existências".*

A obra de Humberto de Campos, dessa forma, praticamente não sofreu interrupção. Escreveu sua última crônica uma semana antes de desencarnar, no Rio de Janeiro, e, logo em seguida, quase sem descanso, aproximava-se de Chico Xavier para retomar o trabalho de escrever. Já na primeira obra da parceria, uma coletânea das mensagens que ditou ao longo de cerca de dois anos e meio, vinha a sinalização da proposta nova que iria encher de brilho e saberes a literatura espírita.

Nos primeiros textos concebidos como Espírito livre, Humberto de Campos ainda conservou o contato psicológico, emocional, com as coisas do mundo em que vivera tão intensamente. Manda recados como quem presta contas, como quem dá as últimas orientações "aos que ficaram", como quem se despede, como quem se desprende dos últimos laços materiais que a saudade ainda mantém.

Todavia, a temática evangélica e doutrinária vai, aos poucos, instalando-se no seu texto, apontando a direção nova e o roteiro de mais Alto que precisava ser cumprido. Os textos póstumos vão mostrando que a força que sempre existiu dentro dele, impregnada agora de energias mais brandas e puras, livre dos desejos miseravelmente humanos, está a serviço de outros interesses, os do Espírito imortal. A partir de *"Boa Nova"* (1941), esse teor se consolida. E ele próprio diz em seu prefácio: *"Meu problema atual não é o de escrever para agradar, mas o de escrever com proveito".* Sobre esse belo livro falaremos no próximo capítulo.

Humberto de Campos, que um dia expressara a sua *descrença acerca da sobrevivência espiritual,* voltava *do mundo das sombras,* "testemunhando a grande e consoladora verdade".

FINALMENTE, O ROMANCE!

A morte de Humberto de Campos não lhe alterou a forma e o estilo literários, mas o foco temático passou a ser outro. Com Chico Xavier, seu trabalho priorizou o conteúdo evangélico dirigido às massas, atendendo a um programa estabelecido pela espiritualidade superior.

A semelhança estilística entre as duas etapas da obra de Humberto de Campos testemunha não só a identidade do escritor, como a perfeita afinidade espiritual entre ele e o médium Chico Xavier. Sobre esta questão há um depoimento interessante do escritor e médico Elias Barbosa (1934-2011), que conviveu muito proximamente do médium mineiro. Segundo Dr. Elias, Chico comentou, mais de uma vez, sobre a afinidade que havia entre ele e o Espírito Humberto de Campos, e que uma amizade os unia desde vidas anteriores. O próprio Emmanuel teria se referido à "afinidade muito propícia à comunicação mediúnica" entre os dois.[13]

---

13 Entrevista concedida por Elias Barbosa a Alexandre Caroli Rocha, e que faz parte de Tese apresentada por este em 2008,

Humberto, Espírito, acatou a proposta de trabalho de Emmanuel de fazer chegar a toda a gente as ideias educativas e transformadoras de Jesus, e, ao mesmo tempo, desvelar, com clareza e minúcias, as realidades da vida depois da morte. Nisso colaborou magnificamente.

Se o escritor, quando encarnado, já havia aberto nova via de relação com seu público leitor, recebendo cartas, respondendo em crônicas, inovou também na literatura espírita, produzindo as *"reportagens de além-túmulo"*, trazendo notícias de mortos famosos ou anônimos, realizando entrevistas e outras "novidades" do Além para esclarecimento do homem encarnado. E sempre fazendo literatura de qualidade, embora essa não fosse mais a preocupação do seu trabalho.

Humberto de Campos nunca escondeu em vida o seu sonho de escrever um romance, uma obra consistente que representasse a sua maturidade literária e levasse o seu nome à posteridade. Não o conseguiu como acadêmico, mas, em 1941, a editora

---

ao Instituto de Estudos da Linguagem, da UNICAMP, SP, para doutorado em Teoria e História Literária.

FEB lançou uma obra sua, psicografada por Chico Xavier, que narrava a vida de Jesus nos seus três anos de pregação, e que detinha características especiais de um romance descritivo, biográfico, fora dos cânones literários tradicionais. Finalmente, Humberto de Campos entregava ao público o seu romance, e da maneira mais natural e bela possível. Chamava-se *"Boa Nova"*. Esse trabalho é como um símbolo da aceitação de Jesus, que liga o escritor, em definitivo, ao pensamento do Mestre, como se fizesse ali a sua profissão de fé.

O belo romance fala da pregação do Cristo, desde os primeiros dias dos anos 30 do século I. Jesus arregimenta, principalmente entre pescadores humildes e homens rudes, os seus colaboradores para trabalhar pela instituição do Reino de Deus na Terra. Confabula com os discípulos, passando as normas de ação que lhes competia realizar, e os instrui sobre o Reino com o qual deveriam colaborar. As primeiras dificuldades surgem à medida que Jesus e seus discípulos vão triunfando. Suas peregrinações resultam em muitas curas e adesões, o que desagrada aos judeus intransigentes e a outros descontentes. Aparecem os adversários das ideias renovadoras. Jesus aproveita toda e qualquer dificuldade para ensinar.

Numa bela tarde, diante de pequena multidão de aflitos e sofredores, o Mestre sobe a um monte e desdobra o seu amor à humanidade, prometendo o Reino de Deus aos bem-aventurados. Seguem-se lições de Jesus, sempre cercado pelo povo: *Aquele que estiver sem pecado atire a primeira pedra; Eis que estás são. Não peques mais, para que te não suceda coisa pior; Ninguém conhecerá o reino do céu, sem nascer de novo; Mandarei mais tarde o Consolador, a fim de esclarecer e dilatar os meus ensinos.* Com verdade e emoção, é narrada a gloriosa história de Joana de Cusa, bem como as incertezas que Tomé carrega, até que seu coração triunfe sobre o cérebro. Conhece-se o difícil caminho de Maria de Magdala, que lhe propiciou, ao final, a entrada no Reino pela porta estreita. Jesus prepara o coração dos discípulos.

Para evitar a linearidade da narrativa, Humberto de Campos vai, em alguns capítulos que permeiam o romance, antecipando algumas cenas do triste e glorioso desfecho da vida de Jesus, como que a tornar menos dolorosas ao leitor as cenas finais do drama fatídico. Vai desvelando os horrores do calvário e da crucificação, precipitados pelos malfadados planos do discípulo Judas, ao mesmo tempo em que narra episódios da ressurreição, mensagem esta *"que daria eternidade ao Cristianismo"*, nas palavras do narrador Humberto de Campos.

A última ceia compartilhada pelo Mestre traz apreensão aos discípulos, em vista dos prognósticos que faz Jesus sobre os acontecimentos aguardados para breve. Jesus dá ali, talvez, a sua maior lição de humildade aos homens, quando lava os pés de cada um dos seus amigos. Antevê a tripla negação de Pedro, que mais tarde se realiza, já com o Mestre trancafiado numa cela ignóbil pelo farisaísmo intolerante. Chegou a sua hora. O Mestre está só. Sob seus pés, na cruz, apenas João, e Maria, sua mãe, que mais tarde seria recolhida pelo próprio filho amado para ser, conforme a vontade do Pai, a "Rainha dos Anjos" no seu Reino.

Um romance, finalmente! E dos mais lindos e emocionantes.

HISTÓRIAS MARAVILHOSAS PARA A INFÂNCIA

A produção literária de Humberto de Campos, quando encarnado, somou quarenta e cinco livros, abrangendo inúmeras modalidades: Crônicas, Crítica literária, Memorialística, Contos humorísticos, Contos, Poesias, Pesquisas históricas e literárias e Contos infantis. Com relação a este último gênero – a maioria dos espíritos provavelmente desconheça –, Humberto de Campos escreveu uma obra a que deu o título de *"Histórias Maravilhosas"*.

Segundo pesquisa realizada por professores da Universidade Federal Fluminense (UFF) que organizaram uma antologia[14] publicada em comemoração ao centenário de nascimento do autor maranhense (1886-1986), foi encontrado, no acervo da Biblioteca Nacional, no Rio de Janeiro, um exemplar desse livro raríssimo, editado pela "Sociedade Anônima O Malho".

---

14 Roberto Reis, Lúcia Helena Carvalho, Roberto Acízelo de Souza, "O Miolo e o Pão", Editora Universitária, EDUFF, MinC/Pró-memória, Instituto Nacional do Livro.

A equipe da UFF encontrou, em um catálogo da José Olympio Editora, uma lista com as obras de Humberto de Campos editadas por ela, em que constava o *"Histórias Maravilhosas"* como tendo sido publicado em 1933, em primeira edição.

O volume encontrado pelos professores, de uma edição mais recente, é ilustrado e faz parte de uma série da revista infantil de quadrinhos "O Tico--Tico", publicada de 1905 a 1962, coleção esta com o nome de Biblioteca Infantil d'O tico-tico, que deu a público contos, poesias, fábulas para a infância, de grandes autores como Coelho Neto, Olavo Bilac, Malba Tahan, Josué Montelo e Humberto de Campos, entre muitos outros.

Um dos mais famosos leitores da revista "O Tico-Tico" foi o poeta Carlos Drummond de Andrade (1902-1987), que a cita no poema "Fim", de seu livro "Boitempo"[15].

Por ser raridade, e para satisfazer a curiosidade do leitor, reproduzo *João Bobo*, a primeira história do

---

15 Lígia Regina Máximo Cavalari Menna, "Revista Emília" (virtual), texto "As revistas ilustradas e a literatura infantil", setembro de 2013.

livro infantil de Humberto de Campos, que, como característica própria das narrativas infantis, tem um fundo moral e exortativo.

JOÃO BOBO

Um fazendeiro morreu e deixou três filhos. Os dois mais velhos eram casados. O mais moço ficou solteiro porque era tão tolo que não encontrava quem quisesse se casar com ele. Era conhecido, mesmo, pelo nome de João Bobo.

Com a morte do pai, os irmãos mais velhos disseram:

— João, nós vamos à cidade vender os bois, as cabras e os carneiros que nosso pai nos deixou. Tu ficas em casa fazendo tudo que as nossas mulheres mandarem. Quando voltarmos, te traremos um barrete vermelho, um colete vermelho e um par de botinas vermelhas.

João Bobo não disse nada. Quando os irmãos se puseram a caminho levando os bois, as cabras e os carneiros para vender, correu para a cozinha e sentou-se em cima do fogão, encolhido, para não incomodar ninguém. Uma das cunhadas, porém, gritou-lhe, as mãos na cintura:

— Desce daí, João! Toma estes dois baldes, vai ao rio e enche os quatro potes da cozinha!

João Bobo desceu do fogão, tomou os baldes, e encaminhou-se para o rio. Encheu o primeiro e estava enchendo o segundo quando um peixe de escamas douradas entrou de repente no balde.

– Que bom! – disse João, retirando o balde do rio. – Assim que chegar em casa vou assá-lo e hoje vou comer peixe!

Ao dizer, porém, essas palavras, viu que o peixe de escamas douradas punha a cabeça fora d´água e lhe dizia, com voz de gente:

– Não faças isso, João, não me mates! Se me soltares de novo no rio, isso te trará felicidade.

– Que felicidade eu posso esperar de ti?

– Experimente, e verás. Solta-me, e tudo que desejares, basta que peças: "Por ordem do peixe de escamas douradas, quero que se faça tal coisa"; e isso se fará.

João Bobo soltou o peixe, e pediu, logo:

– Por ordem do peixe de escamas douradas, eu quero que estes baldes encham os quatro potes da cozinha!

E logo os dois baldes saíram sozinhos, subiram a ribanceira do rio, esvaziaram-se, voltaram de novo, tornaram a encher-se, tornaram a subir, até que os potes ficaram cheios. Feito isso foram se emborcar a um canto, ao mesmo tempo que João Bobo, com as mãos para trás, entrava em casa e ia sentar-se em cima do fogão.

Ao verem isso, as cunhadas resolveram aproveitar o rapaz para tudo. E uma chamou:

— João?

— Senhora.

— Vai cortar lenha no mato.

João Bobo chegou junto da carriola de cortar lenha, atirou para dentro dela o machado, pulou para cima, e ordenou:

— Em nome do peixe de escamas douradas, leva-me, carro, à floresta!

E a carriola, mesmo sem cavalo que a puxasse, desandou sozinha no rumo da floresta. Corria que parecia um automóvel. E por onde passava, com o João dentro, ia assustando gente, espantando galinhas, alarmando quanto bicho encontrava pelo caminho. Chegando à floresta, João saltou e ordenou ao machado:

— Em nome do peixe de escamas douradas, corta, machado, toda lenha que seja preciso para encher este carro!

O machado pulou do carro e, corta aqui, corta acolá, em breve o carro estava cheio.

— Em nome do peixe de escamas douradas, volta, carriola, para a casa das minhas cunhadas e derrama esta lenha no canto da cozinha!

E a carriola, sem bicho nenhum nos varais, partiu rumo de casa com a mesma velocidade, encostando à porta da cozinha, para que as achas de lenha pulassem e se fossem amontoando a um canto, perto do fogão.

Quanto mais João trabalhava, mais as cunhadas abusavam dele, dando-lhe coisas para fazer. Até que, um dia, tendo ido à floresta buscar mais lenha, João Bobo ordenou ao machado:

— Em nome do peixe de escamas douradas, corre, machado, e corta duas varas bem boas, e volta com elas para dentro do carro.

Assim ele disse e assim o machado fez. E João voltou com a lenha e com as varas para casa, dentro da carriola, que continuava a correr sem bicho nenhum nos varais.

No dia seguinte, as cunhadas ordenaram:

— João, vai buscar água no rio para nós tomarmos banho!

João nem se levantou de cima do fogão. Dali mesmo ordenou para as varas que havia deixado a um canto:

— Em nome do peixe de escamas douradas, varinhas do mato, deem uma boa surra em cada uma das minhas cunhadas!

As varas saíram do canto e começaram a descarregar pancada nas duas moças. Estas corriam por todos os cantos da casa, mas as varas corriam ainda mais ligeiro do que elas.

E era – letche! letche! letche! – que não acabava mais. As duas cunhadas de João Bobo gritavam, mas as varas não cessavam de surrar. Até que, satisfeito com o castigo que lhes havia aplicado, João mandou, em nome do peixe de escamas douradas, que as varas do mato se acomodassem no canto, até nova ordem.

Dias depois os dois irmãos voltaram da cidade com o dinheiro dos bois, das cabras e dos carneiros vendidos. Supondo que João continuava a ser o mesmo Bobo que haviam deixado, traziam-lhe apenas, como sua parte na herança do pai, um barrete vermelho, um colete vermelho e umas botinas vermelhas. Ao terem, porém, notícia da surra que ele havia dado nas cunhadas, passaram a respeitá-lo entregando-lhe todo o dinheiro que traziam. E ninguém lhe deu mais o nome de João Bobo. De João Bobo passou ele a ser, para todo mundo, o João Sabido.

FIM DA VIAGEM

Ao fim dessa viagem prazerosa, e ao mesmo tempo tormentosa, de ler Humberto de Campos, sinto-me como quem chegasse a um porto, feliz por estar são e salvo, com a experiência do mar enchendo o coração, mas ainda surpreso pelo impacto das ondas fortes.

Viagem prazerosa porque naveguei por milhares de páginas de um grande escritor, de repertório inesgotável, de estilo aparentemente simples, porém, cheio de pensamento e humanismo. Tormentosa por acompanhar milha a milha, com um sentimento misto de empolgação e piedade, a travessia do homem e do escritor pelas ondas marulhosas que agitaram a sua vida.

Saio dessa aventura como o explorador que percorreu as mesmas rotas de outros antecessores, mas fez novas descobertas. Como quem lançasse a rede ao mar da vida e recolhesse, além dos peixes que matarão a fome, os cascalhos das imperfeições humanas que serão deixados à parte.

Assim, permiti-me contar muito, mas não tudo do que descobri nessa bela excursão. Mesmo porque, meu olhar é tão imperfeito quanto os cascalhos que recolhi.

    Termino essa viagem solitária conhecendo e admirando mais a Humberto de Campos, compreendendo que as análises feitas por mim podem, talvez, não expressar a justa realidade, em vista das interferências da minha admiração por esse grande escritor. No entanto, a leitura ininterrupta de sua obra de encarnado, que me consumiu mais de ano e meio, autoriza-me a dar testemunho não só da beleza e da emoção decorrentes de boa parte dela, mas também da sua validade como construção literária a benefício da melhora do ser humano.

BIBLIOGRAFIA CONSULTADA

Seara de Booz. Humberto de Campos. Editora Mérito, São Paulo, 1967.

Tonel de Diógenes. Humberto de Campos. W. M. Jackson, Rio de Janeiro, 1958.

Mealheiro de Agripa. Humberto de Campos. Editora Mérito, São Paulo, 1967.

A Serpente de Bronze. Humberto de Campos. W. M. Jackson, Rio de Janeiro, 1958.

A Bacia de Pilatos. Humberto de Campos. W. M. Jackson, Rio de Janeiro, 1958.

Carvalhos e Roseiras. Humberto de Campos. W. M. Jackson, Rio de Janeiro, 1962.

Grãos de Mostarda. Humberto de Campos. W. M. Jackson, Rio de Janeiro, 1962.

O Monstro e Outros Contos. Humberto de Campos. Opus Editora, São Paulo, 1983.

Poesias Completas. Humberto de Campos. W. M. Jackson, Rio de Janeiro, 1951.

Os Párias. Humberto de Campos. Livraria José Olympio, São Paulo, 1933.

Lagartas e Libélulas. Humberto de Campos. Opus Editora, São Paulo, 1983.

Crítica, 1ª série. Humberto de Campos. W. M. Jackson, Rio de Janeiro, 1951.

Crítica, 2ª série. Humberto de Campos. W. M. Jackson, Rio de Janeiro, 1951.

Memórias. Humberto de Campos. Opus Editora, São Paulo, 1983.

Sombras que Sofrem. Humberto de Campos. Editora Mérito, São Paulo, 1967.

À Sombra das Tamareiras. Humberto de Campos. W. M. Jackson, Rio de Janeiro, 1951.

Destinos. Humberto de Campos. W. M. Jackson, Rio de Janeiro, 1951.

Sepultando os Meus Mortos. Humberto de Campos. Opus Editora, São Paulo, 1983.

Notas de um Diarista, 1ª série. Humberto de Campos. Editora Mérito, São Paulo, 1962.

Reminiscências. Humberto de Campos. W. M. Jackson, Rio de Janeiro, 1960.

Um Sonho de Pobre. Humberto de Campos. Editora Mérito, São Paulo, 1962.

Memórias Inacabadas. Humberto de Campos. Editora Mérito, São Paulo, 1962.

Últimas *Crônicas*. Humberto de Campos. Editora Mérito, São Paulo, 1962.

Notas de um Diarista, 2ª série. Humberto de Campos. Editora Mérito, São Paulo, 1962.

Contrastes. Humberto de Campos. Editora Mérito, São Paulo, 1967.

Perfis, 1ª série. Humberto de Campos. W. M. Jackson, Rio de Janeiro, 1947.

Fragmentos de um Diário. Humberto de Campos. W. M. Jackson, Rio de Janeiro, 1951.

Fatos e Feitos. Humberto de Campos. Gráfica Editora Brasileira, São Paulo, 1949.

Diário Secreto, volumes I e II. Humberto de Campos. Edições O Cruzeiro, RJ, 1954.

O Miolo e o Pão. Roberto Reis, Lúcia Helena Carvalho, Roberto Acízelo de Souza. EDUFF - Universidade Federal Fluminense, Niterói, 1986.

Humberto de Campos (Textos escolhidos). João Clímaco Bezerra. Livraria AGIR Editora, Rio de Janeiro, 1965.

Humberto de Campos (Grandes vultos das letras). Maria de Lourdes Lebert. Edições Melhoramentos, São Paulo, 1956.

Humberto de Campos e o Espiritismo. Clóvis Ramos. Celd, Rio de Janeiro, 1995.

Humberto de Campos e Chico Xavier, a mecânica do estilo. Elias Barbosa. IDE Editora, Araras, São Paulo, 2005.

O Espiritismo nas Obras Completas de Humberto de Campos. Elias Barbosa. IDE Editora (Anuário espírita), Araras, 1976.

A Psicografia ante os Tribunais. Miguel Timponi. FEB, Rio de Janeiro, 1978.

A Crônica e seus Diferentes Estilos na Obra de Humberto de Campos. Roberta Scheibe. Universidade de Passo Fundo, RS, 2006.

Humberto de Campos: um perfil do vendedor de miolos da cabeça. Roberta Scheibe. XXXVI Congresso Brasileiro de Ciências da Comunicação, Manaus, AM, 2013.

O Caso Humberto de Campos: autoria literária e mediunidade. Alexandre Caroli Rocha.Universidade Estadual de Campinas, SP, 2008.

Discurso de Posse na Academia Brasileira de Letras. Humberto de Campos. Proferido no dia 8 de maio de 1920.

Discurso de Posse na Academia Brasileira de Letras. Múcio Leão (1898-1969). Ocupante da cadeira n° 20. Sucedeu a Humberto de Campos.

Palavras do Infinito. Francisco C. Xavier/Humberto de Campos. LAKE, 2000.

Crônicas de Além-Túmulo. Francisco C. Xavier/Humberto de Campos. FEB, 1986.

Brasil, Coração do Mundo, Pátria do Evangelho. Francisco C. Xavier/Humberto de Campos. FEB, 1985.

Novas Mensagens. Francisco C. Xavier/Humberto de Campos. FEB, 1985.

Boa Nova. Francisco C. Xavier/Humberto de Campos. FEB, 1987.

Reportagens de Além-Túmulo. Francisco C. Xavier/Humberto de Campos. FEB, 1987.

Lázaro Redivivo. Francisco C. Xavier/Irmão X. FEB, 1987.

Luz Acima. Francisco C. Xavier/Irmão X. FEB, 1987.

Pontos e Contos. Francisco C. Xavier/Irmão X. FEB, 1988.

Contos e Apólogos. Francisco C. Xavier/Irmão X. FEB, 1987.

Contos Desta e Doutra Vida. Francisco C. Xavier/Irmão X. FEB, 1990.

Cartas e Crônicas. Francisco C. Xavier/Irmão X. FEB, 1988.

Estante da Vida. Francisco C. Xavier/Irmão X. FEB, 1987.

Relatos da Vida. Francisco C. Xavier/Irmão X. FEB, 1988.

Histórias e Anotações. Francisco C. Xavier/Irmão X. FEB, 1989.

ideeditora.com.br

Acesse e cadastre-se para receber
informações sobre nossos lançamentos.

twitter.com/ideeditora
facebook.com/ide.editora
editorial@ideeditora.com.br

ide

IDE Editora é apenas um nome fantasia utilizado pelo INSTITUTO DE DIFUSÃO ESPÍRITA, entidade sem fins lucrativos, que promove extenso programa de assistência social, e que detém os direitos autorais desta obra.